JN037250
でもお前達は
理人か!!」
りあえず、
りに罵っておいた。
、とりあえず味見せいと。
聖女じゃなかったので、王宮でのんびりご飯を作ることにしました
seijo ja nakattanode, oukyu de nonbiri gohan wo tsukurukotonishimashita
9

野原莉奈《のはらりな》
「リナ、餃子おかわり!!」
エギエディルス皇子

「もう、バカ言ってないで帰るわよ」
武器屋・アーシェス
武器屋・バーツ
シュゼル皇子
「わしはまだ飲むんだぁ」

「あぁ？　どうなってやがる」
「な、な、なんなんだよコレはーーっ!!」

聖女じゃなかったので、王宮でのんびりご飯を作ることにしました

seijo ja nakattanode, oukyu de nonbiri gohan wo tsukurukotonishimashita

9

神山りお

ill. たらんぼマン

口絵・本文イラスト
たらんぼマン

装丁
木村デザイン・ラボ

第1章　氷の魔術師？

王竜がくれた〝ユショウ・ソイ〟。

その果汁は、なんと醤油《しょうゆ》だった。

その醤油の味見がてら、ニンニク醤油味のからあげを作れば、厨房《ちゅうぼう》の皆やフェリクス王達に大好評。

その時にフェリクス王から炭酸水を貰《もら》ったので、今夜は炭酸水を使ったカクテルと、それに合う料理を夕食に出すと決まったところだ。

さて、メニューは何にしようかなと、莉奈《りな》が考えながら厨房に戻れば、揚げ物特有の匂いが充満していた。

ニンニク醤油だけでは圧倒的に足りないから、塩味や塩ニンニク味も作った様である。

調子の悪い時にこの匂いはキツいけど、健康な時はお腹が減る。

「あ、リナ」

「ニンニク醤油のからあげ、大好評だったよ」

「って言うか、そもそもからあげが大好評なんだけどな」

からあげは皆の好物だから、新しい味のニンニク醤油味は真っ先になくなったそうだ。

分けてあげた醤油も使い切ったとか。元々少なかったから仕方がない。

「リナ、本当にありがとうな」

漁師村育ちの料理人であるダニーが少し涙目で、リナの手を取った。

「タコだけでなくカチ割りの実まで特産になれば、男達が無理して出稼ぎに行かなくても済むし、村が少しは潤うよ」

自分達がその日に食べるのが精一杯で、余裕がなかった。

だけど、タコや子供達が遊ぶだけのカチ割りの実――ユショウ・ソイが売れれば、家の修繕や服の購入など他にも予算を回す事が出来ると喜んでいる様だった。

「そういえば、タコが名産って言ってたけど、海にも魔物がいるよね？　大丈夫なの？」

「沖に行き過ぎなきゃ、陸ほど危険な魔物に出くわさないよ。それにウチみたいな漁師村育ちの人間は、万が一を考えて小さい頃から戦う術を教わるから、その辺の冒険者より強いんじゃないかな？　多分」

タコを獲りに海に入るのは平気なのかなと莉奈が訊《き》けば、ダニーはそう言って笑っていた。

どうやら、漁師の村で育つ人達は男も女も関係なく、海の魔物や村を襲う魔物と戦うため、小さい頃から訓練を受けるらしい。

なので、外壁や兵に守ってもらっている大きな街より、小さな村の人達は、必然的に強くなるのだそうだ。

「なら、ダニーも冒険者より強いの？」

随分とヒョロッとしている様に見えるが、こう見えて彼も強いのかと莉奈は思ったのだ。

「いんや」

ダニーはあっけらかんとして、両手を上げ笑って否定した。

「俺、魔物どころか虫も全然ダメ。だから、街で働き口を見つけるって村を早くに出て来たんだよ」

今は縁があって王宮で働かせてもらえてるけどな、とダニーは頭をポリポリと掻《か》いていた。

両親は自分が王宮で働いている事を、未だに信じてくれないのだそうだ。

「あ～虫か。私もダメだね～。タランチュラのからあげなんて、絶対イヤだもん」

レタスにのったタランチュラのからあげを、ＴＶで観た時にはゾッとしたしね。

莉奈は、その光景を思い出して苦笑いしていた。

「「〝タランチュラのからあげ〟」」

莉奈の漏らした言葉を耳にして、身震いしながら反芻《はんすう》する料理人達。

莉奈は何故、庭とかにいる虫でなく、調理した虫を想像したんだ？　と皆は目を丸くさせていた。

普通だったら、誰かが虫が苦手だと言っているのを聞いたら、調理した虫なんか絶対に想像しない。虫は食べるモノだという認識はないからだ。

なのに、莉奈は何故か食べる事前提で会話をしている。

――何故、虫を食べようとする⁇

莉奈の感覚はどこかオカシイと、皆は顔を見合わせ笑うのであった。

◇◇◇

カチャカチャと莉奈がお酒を用意し始めれば、カクテルだと分かったのか、皆が手を止めて一斉にそちらを見た。

「カクテル作るのか！」

「陛下に頼まれたからね～」

「グラスは何にする？」

「う～ん。普通のグラスでいいかな？」

背の低いロックグラスでも、一般的な寸胴面長のオールドファッショングラスでもいい。

居酒屋ならジョッキとかもありだけど、王族に出すからちょっぴり配慮する。

莉奈の返事を聞くと、料理人達は棚からグラスを出し始めていた。

「カクテルと言えば、俺様の出番かな？」

氷魔法が得意になったトーマスが、鼻を得意気に鳴らしながら前に出て来た。

「別になくても大丈夫」

「リナー」

莉奈が間に合ってますと速攻で断れば、トーマスは泣きそうな顔をしていた。

ここは店ではないから氷でかさ増しする必要もないし、魔法鞄《マジックバッグ》があるから、いつでもキンキンに冷えた状態の物を提供出来る。

まぁ、氷が入った方がカランと響く音は心地よいし、見た目はいいけど。

「はいはい。では、魔法省からスカウトされているトーマス君。カクテル用の氷を出してもらいましょうか？」

「ちぇっ、スカウトなんかされてねぇよ」

嫌味だなとトーマスは口を尖《とが》らせつつ、いつも通りステンレスバットに大量の氷を出してくれた。

「ありがとう。トーマス」

と莉奈が素直にお礼を言えば、トーマスはヘラヘラと笑いながら自分の作業に戻って行った。

なんだかんだと莉奈が頼ってくれているのが、嬉《うれ》しいらしい。

トーマスが氷を出してくれたので、その隣に莉奈は魔法鞄《マジックバッグ》から寸胴をドスンと取り出した。

「え？　リナ、その寸胴に入っているの何？」

「炭酸水」

「「「え？　炭酸水??」」」

どうせ皆も飲みたがるだろうと、フェリクス王は皆用に寸胴にたっぷりと入れてくれたのだ。莉奈用のは瓶に取り分けてもらってある。

ちなみにだけど、瓶や寸胴に炭酸水を汲《く》んで用意したのは侍女達である。

「炭酸水って何？」

「炭酸ガスが溶けた水」

「えっと……それって飲んでも大丈夫なの？」

「心配なら飲まなければいい」

「「「……」」」

莉奈にサラッとそう言われた皆は、確かにとウグッと漏らし押し黙っていた。

どうせ作ればお酒の魔力に負けて飲むクセに……と莉奈は笑うのだった。


「さて、皆が飲むか飲まないかは知らないけど、炭酸水を使った一番ポピュラーなカクテルは、ウイスキーを炭酸水で割った〝ハイボール〟」

莉奈はなんの変哲もない、ただの寸胴の細長いグラスに氷を適当にカランと入れた。

お母さんは、たまにハイボールをシャンパングラスに入れて、オシャレに飲んでいたけど。この人達にオシャレさはいらないだろう。

「とりあえずウイスキー1、炭酸水3で割ってみたけど好みでいいと思う」

「へぇ、炭酸水と混ぜるだけか」

「だね。ブランデーと割れば〝ブランデー・ハイボール〟。ハーリス・ウイスキーと割れば〝ハーリス・ハイボール〟となるよ」

「なるほど、他のお酒と割ってもハイボールなのか」

「うん。基本的に炭酸水と一種類のお酒だけで割ると〝ハイボール〟が付くんだと思う。まぁ、カクテルなんて、作り方が同じでも呼び名が二つ以上あるなんてザラだけど」

ハイボールなんて、たまたまその名称が浸透しただけ。

ウォッカで割ればウォッカ・ハイボールになるんだけど……ウォッカ・ソーダとも呼ばれたりする。

カクテルの種類が膨大だし、その地域で独自の発展までするから、名称が同じでも全く違うモノもある。ブルドッグなんて良い例だ。

莉奈がザックリと説明すれば、リック料理長達が感心した様子で大きく頷《うなず》いていた。

「あ」

「「あ？」」

莉奈が何かに気付いた様に声を上げれば、なんだなんだと皆が身構える。

「そういえば、白ワインは炭酸水で割ると〝スプリッツァー〟だし、赤ワインと割れば〝赤ワインソーダ〟だった」

「スプリッツァー」

「あぁ、だからエールで割ったのが〝ビア・スプリッツァー〟だったのか」

「でも赤ワインは……ソーダって炭酸水のことなら、何故そのまま？」

白ワインにはカッコいいネーミングがあるのに、赤ワインはまんまである。

それに気付いた料理人達は、苦笑いしていた。

「しらん。……あ〜でも、ジンジャーエールと割れば〝オペレーター〟になるし、コーラと割れば〝カリモーチョ〟にはなるけど」

「「「オペレーター」」」

「「「カリモーチョ‼」」」

「あれ？　違う。〝キティ〟だったっけ？」

「「「キティ？」」」

そうだ、思い出した。

「赤ワインとジンジャーエールで〝キティ〟。白ワインだと〝オペレーター〟だ」

カクテルの種類はあり過ぎるし、作り方も色々あるしで、さすがの莉奈も完璧《かんぺき》には覚えていない。

適当な性格も相まって、名称なんてうろ覚えである。

「ん？」

ひょっとしなくても、今まで適当なカクテル名で出してたのかな？

フと莉奈はそう思ったが、この世界では何が正解か不正解か莉奈しか知らない。

なら、別にどっちが〝キティ〟でどっちが〝オペレーター〟でもいいんじゃないかな?

なんなら、〝キャビンアテンダント〟ってカクテルだと言っても信じちゃうよね?

だって、誰も知らないんだもん。

おかげでブツブツ呟《つぶや》いてしまい、それを聞いた耳ざとい皆の瞳《ひとみ》が一際輝き始めてしまった。

莉奈はその期待の瞳には、なんの感情も込めないで笑って返した。

「あはは。でも残念な事に、この世界にはジンジャーエールもないし、コーラもないから作れないね〜」

まぁ、それも作れるけど……と莉奈は思ったのだが、それはしっかりと飲み込んだ。

その時々で作りたい気分ってあるよね? 今は、そんな気分ではないのだ。

「リナなら、そこから作れそうな気がするけどな?」

「ですよね?」

ガッカリした皆を横目にリック料理長とマテウス副料理長が莉奈を挟み、そう呟きあっていたのは無視する事にした。

この二人、莉奈のポテンシャルを分かっている。

莉奈が口をこれ以上滑らせない内に、元の作業に戻ろうとしたところで、カウンター越しにラナ女官長がチラッと見えたので、声をかけた。

「あ、そうだ。前にラナ達に渡した苺《いちご》ワインを炭酸水で割れば、香りのいいスプリッツァーになって美味しいんじゃない？」

「え、一体何の話よ⁉」

食堂の片付けや掃除を手伝いに来てくれていたラナ女官長が、怪訝《けげん》そうな表情をしていた。

それもそうだ。来て早々に自分が貰《もら》ったお酒の話をされたのだから。

「さっき、陛下に炭酸水を貰ったじゃない？」

「ええ」

「それを使ったカクテルの話をしていたんだけど……」

「だけど？」

「ラナ達にあげた苺ワインで割ると、フルーティーなスプリッツァーってカクテルになるねって話」

ジュースと同じで、果物を搾って作るのもフレッシュで美味しいけど、果物を漬けたお酒を使えばまた違った味わいに違いない。

莉奈はそう思ったのだ。

「「「……」」」

ラナ女官長だけでなく、他の侍女達も顔を見合わせて黙ってしまった。

莉奈から貰ったのはだいぶ前だし、生の果物を使っていて傷むのも早いから、とっくに飲み終えて残ってないのだろう。

個人で魔法鞄《マジックバッグ》は持ってないしね。

「リックさん。果物あるんだし作ってあげたら？」

悲壮感漂うその姿に、莉奈は思わず言ってしまった。

ラナ女官長達を見ていたら、なんか可哀想になってしまったのだ。

「……そ、そうだな」

「ちなみに、そこにハーブを入れてみたり、赤ワインバージョンで作れば〝サングリア〟って名前の飲み物になるよ？」

「「〝サングリア〟!!」」

リック料理長は〝作ってくれるわよね？〟というラナ女官長の圧のこもった視線に思わず頬を引き攣らせていたが、他の料理人達はそれに気付かず素直に作ってみようと喜んでいたのだった。

莉奈は今度こそ無言で色んな種類のハイボールをサクッと作り、魔法鞄《マジックバッグ》にしまった。そして、勢いそのままにエギエディルス皇子用のも作る。

ハチミツレモンソーダは、ハチミツとレモン汁を入れて混ぜるだけだし、練乳ソーダは好みの量の練乳と、少し潰《つぶ》した苺を入れて混ぜるだけ。基本的にどれも材料を入れて、混ぜるだけだから簡単だ。

エギエディルス皇子には、ついでにフルーツポンチも作っておく。

サングリアのノンアルコールバージョンだ。

炭酸水に砂糖を溶かしたシロップを入れて、まずはサイダーを混ぜる。そのサイダーに可愛く切った果物を入れれば、フルーツポンチである。

「なんか可愛い飲み物だな」

「お酒の苦手な人には、こっちの〝フルーツポンチ〟をあげるといいよ」

莉奈はエギエディルス皇子とシュゼル皇子、自分用を取り分け、残りはお酒が苦手な人用にと渡した。

「お酒で作ると〝サングリア〟。ノンアルだと〝フルーツポンチ〟か。面白いな」

「面白いっていうか、ややこしいよね？」

「確かに。でも炭酸水って、意外と万能だな」

「水と同じで味がほとんどないからね。万能といえば万能。あ、こっちの炭酸水にハチミツとレモン汁を入れてあげるから、試しに飲んでみれば？」

莉奈が作っていると誰かが感心したように呟いていたので、莉奈は残った炭酸水が入っている寸胴を皆に渡した。

炭酸水を飲んだ事がない様なので、まずは試しに飲んでみたらいい。

とりあえず、エギエディルス皇子用と同じハチミツレモン味にしてみた。仕事中なのでハイボールは却下だ。

「顔を近付けると、なんかシュワシュワ音がするな」

「んーーっ⁉　うっわ、舌がピリッとする‼」

「本当だ。喉《のど》もシュワッとするし、何コレ⁉」

「何この刺激的な飲み物‼」

「面白美味しい‼」

初めて口にする炭酸の刺激に、皆一喜一憂していた。

炭酸が苦手な人もいるかと思ったら、意外と大丈夫の様だった。

「この独特な刺激が、揚げ物系をサッパリさせてくれるんだよ？」

だから、ドンドン箸《はし》が進んで太るんだよね……と莉奈は口元を綻《ほころ》ばせた。そう、悪魔的に。

「あ、そうだ‼　今日の夕食は〝ハイボール祭り〟って事で、炭酸水で割ったお酒やジュース。後はからあげや鶏のなんこつ揚げ、海老フライとか色んな酒の肴《さかな》をチョコチョコ出してあげたら？」

「「「それいいーーっ‼」」」

莉奈がさらに楽しそうな提案をすれば、皆のテンションはお祭り騒ぎの様に爆上がりした。

今夜は、さぞかし楽しく盛り上がることだろう。

「ククク……」

莉奈は、口を手で隠してほくそ笑んでいた。

酒のツマミは、大抵の物がハイカロリーだ。そして、炭酸水の魔力で口もサッパリするから、次から次へとツマミに手が伸びていく。

となれば、糖と脂肪が胃袋に収まっていく事だろう。

——さぁ皆、今夜は楽しくカロリーを召し上がれ‼

◇◇◇

「後は酒の肴か」

莉奈は思わず呟いた。

ハイボール祭りに備えて、料理人達はからあげやポテトフライなど、様々な料理を作り始めている。

ならば、ここはハイボール祭りにもう一つ色を添えてあげるかな。

「あ、でも豚肉がないや」

そう思った早々、豚肉が余りない事に気付いてしまった。

王族分は当然あるが、皆まで回らない。

ロックバードのおかげで鶏肉は豊富にあるし、牛肉の代わりにブラッドバッファローの肉がある。

だが、豚はまだ少ない。

「肉？」

呟きを拾ったリック料理長が、訊《き》いてきた。

「あ〜うん。何か作りたいなと思ったんだけど、豚肉が余りないから……」

皆の分が作れないと言おうとしたら、リック料理長が見習いに何か言って、小さな魔法鞄《マジックバッグ》を持ってこさせた。

莉奈は意味も分からないままその魔法鞄《マジックバッグ》を手渡され、小さく眉根《まゆね》を寄せた。

「ん？　コレがどうしたの？」

「肉なら、色々ここに入ってるよ」

「色々？」

色々とはなんだろうと、莉奈はさらに眉根を寄せた。

色々の意味がまったく分からなかったのだ。

「まぁ、漁ってみて」と言われ、莉奈は恐る恐る魔法鞄《マジックバッグ》に手を突っ込むと、この中に入っている物の一覧表が脳内に浮かんだ。

・ロックバードの各部位。

莉奈も知っているポピュラーな？　魔物の肉の中に、知らない肉も交ざっていた。

・一角ウサギのモモ肉。
・ボア・ランナーの各部位。
・ブラックブルの各部位。
・ブラッディーバイソンの各部位。

「魔物の肉」

軽く視ただけで、色々な肉が入っていた。

一角ウサギだけは、モモ肉しか入ってないのか各部位の表記はなかった。

ちなみに、各部位を詳しく見ると……モモ肉やムネ肉の細かい表記に変わる。同じ物や似た物が入っていると、まとまって表記されるみたいである。

「軍部の人達が狩って来た魔物を解体して、それをシュゼル殿下が【鑑定】に掛けて分けてくれたんだよ。それはリナ用」

「え、あ、そう」

つい最近、その肉用の魔法鞄《マジックバッグ》を貰ったのだと教えてくれた。皆用の厨房《ちゅうぼう》で自由に使える肉は別の魔法鞄《マジックバッグ》にあるそうだ。

そういえば……ロックバードを食べた時に、一般市民に魔物の肉が勝手に出回らない様に鑑定するとかなんとか、フェリクス王達が言っていた。

あの時は、莉奈にも手伝ってもらう様な事を言っていたけど、結果的にはシュゼル皇子が鑑定作業を一人でやってくれたらしい。

お礼も兼ねて、近いうちに何か作らねばならないなと、莉奈は考えたのだった。

「ちなみに、リックさん達はコレ味見したの？」

「「「してない」」」

「は？」

先に貰っていたのならと莉奈が訊いてみれば、料理人達の答えはノーだった。

味見くらいすればいいのにと、莉奈は皆をジトッと見た。

「「「……」」」

一斉に目を逸らす料理人達。

要はいくら鑑定で食用可と出ても、まだ初見の魔物の肉は不安があるので、最初には口にしたくない……という事なのだろう。

「それでもお前達は王宮料理人か‼」

莉奈はとりあえず、ふざけ交じりに罵《ののし》っておいた。

料理人なら、とりあえず味見せぃと。

それには皆も「ごもっともです」と笑って頭を下げたのであった。

◇◇◇

「まぁ、それはともかく……」

同じ肉が入っていると思われる皆用の魔法鞄《マジックバッグ》を見つけた莉奈は、中からとある肉を出していた。

「そこは、自分用じゃないのかよ」

「私に毒見をさせる人達に言われたくない」

莉奈がそこから取り出したのを見た料理人が、笑って言ったので莉奈は当然の権利だと返した。

「〝ボア・ランナー〟ってなんだ?」

一番良く分からないボア・ランナーのモモ肉を取り出した。

バットに無造作に載っている肉は、赤身の肉で牛肉に似ているが、牛肉とは違う脂の入り方をしている。赤身なのでサシという感じではなく、筋の様な脂身が一本入った感じだ。

それは斜めに入っているので、交通標識の通行禁止みたいに見える。

何の肉か分かってはいるが、一応【鑑定】して視る事にした。

【ボア・ランナーの外モモ肉】

後ろ脚付け根の外側の部位。

食用である。

脂肪が少ない赤身の肉。内モモ肉より硬めだが美味しい。


〝外〟モモ肉……か。

肉といえば、痩《や》せてから自分を【鑑定】していないなと……莉奈はいらん事を考えてしまった。

そして、思わず自分を鑑定して視た。

そう、視てしまったのだ。


〈状態〉

いたって健康。

だが、お腹がプックリ戻り気味。


――イヤーーーッ‼

視なきゃ良かった。

確かにお腹周りがキツくなっている様な気がした。

痩せて気が緩んだせいで、走るのをサボりがちになっていた。

だけど、食べ物は皆と同じで自分が広めたハイカロリーなものが多い。となれば、こうなるのは当たり前である。

現実を叩《たた》きつけられた莉奈は、あえなく撃沈したのだった。

「リナ？」

「どうした？」

「その肉はマズイのか？」

莉奈が自分の鑑定を前に倒れたとは知らない料理人達は、心配そうに声を掛けていた。

手にした魔物の肉が美味しくないのだと、勝手に解釈した様だ。

「あははっ‼」

莉奈は残酷な現実を前に壊れた。

しかし、同時に思った。

「木を隠すなら森の中だよね‼」

「「「はぁ⁇」」」

莉奈の唐突な発言に、皆は怪訝《けげん》な表情をしていた。

まったくもって意味が分からない。

ブタを隠すには群れの中。

デブを隠すにはデブの中だ‼

莉奈は自分の体型が気にならなくなる様に、周りもふくよかにしてしまえばイイ……と、間違った方向に猛烈に意欲を燃やし始めていた。

皆は、莉奈が碌《ろく》な事を考えていないと悟ったが、それが何かまでは分からなかったのだった。


で、ボア・ランナーとは？

莉奈はボア・ランナーがよく分からず、今度は【鑑定】を掛け〝ボア・ランナー〟と表記されてある部分を【検索】して視た。


【ボア・ランナー】

常緑広葉樹林、落葉広葉樹林、水田放棄地や竹林などに生息し、これらに隣接する水田や農耕地にも時々出没する猪の魔物。


「猪」

ランナーなんて付いていて実に爽快《そうかい》な名前だったけど、猪の魔物なんて厳つそうだ。

「それ、猪の魔物？」

「だね。〝ボア・ランナー〟だって」

この台詞からしてリック料理長達……魔法鞄《マジックバッグ》から取り出して見てもないなと莉奈は呆《あき》れていた。

「あ〜、ボア・ランナーか。それ王都に来る時に追っかけられて、最悪だった魔物だ」

ダニーが心底嫌そうな表情をしていた。

漁師の村から王都に来る道中に、この猪の魔物ボア・ランナーに追っかけ回されたらしい。

冒険者の護衛が付いた正規の馬車で来たので何事もなかったが、モグリの馬車だったら突進されて命を落としていたかもなと、ダニーは苦笑いして教えてくれた。

「冒険者がいるなら楽勝だった？」

猪の魔物なんて想像も出来ないから、莉奈はＴＶや動物園で見た猪を思い出していた。

「リナ」

「うん？」

「〝ボア・ランナー〟って馬よりデカイんだぞ？」

「え？　マジ？」

「マジ。で、かなりの俊足」

「うっわぁ〜。じゃあ、かなり怖いね」

そんな大きな猪が突進して来たら怖い。

自転車にトラックが突っ込んで来る様なものだ。莉奈は少しだけゾッとした。

「でも、美味しいお肉が現れた！　って思うと少し違うよね」

〝怖い〟と思うか、〝旨い〟と思うか。

幽霊だって見たくないと思っているから怖い訳で、見たいと思っていたら現れた瞬間に「よっしゃあ！」と思うに違いない。

「複雑な事を言うなよ」

ダニーは再び苦笑いが漏れてしまった。

確かに今食べて美味しかったら、今後この魔物に出会った時、怖さの中にチラッと旨さを思い出すかもしれない。

「コレも食べた事はないんだよね？」

「魔物だからな」

魔物は人体に害があると、最近まで信じられてきたのだ。食べた事がある訳ないとダニー達は即答していた。

「ふむ」

ならば、まずは味見だなと莉奈は思った。

臭みがあるなら補う調理をしなきゃだし、淡白ならそれを活かした料理でもいい。何はともあれ、味が分からない事にはレシピも浮かばない。

薄切りにして味見をしたいが、肉は生なのでグネグネして薄く切りづらい。

「トーマス」

「何？」

「この肉、半冷凍してくれるかな？」

「え？　半冷凍？　完全に凍らせるんじゃなくて？」

「そ、半冷凍」

以前、芋虫の魔物キャリオン・クローラーのジャーキーを作った時みたいに、薄切りにしたいので半冷凍だ。

あの時は魔法省のタール長官に頼んだけど、今は氷魔法が使えるトーマスがいるのだから頼めばいい。

「……注文が急に高度になったな」

いつもは嬉々《きき》としてやってくれていたトーマスが、珍しく苦笑いしていた。

氷の魔法を使えない莉奈は、何が簡単で何が高度なのか分からない。ただ、話を聞いていると氷を出すより難しい様だ。

「出来ないの？」

「出来る出来ない以前に、やった事がない」

夏の熱い日に氷を作ったり、何かを凍らせたりする事はあったが、半冷凍なんて中途半端な魔法は使った事がない。

莉奈は他の氷魔法の使い手を見たけど、その料理人達も首を横に振っていた。

「んじゃ、エドくん」

「……皇子《おれ》をなんだと思ってるんだよ」

気配もなくシレッといたエギエディルス皇子に、莉奈は気付き頼んだのだ。

自分の存在に気付いた途端、そんな事を頼む莉奈にエギエディルス皇子は怒るより呆れていた。

リック料理長達は身体をピクリとさせると、バタバタと一斉に腰を折っていたけど。

「大体、何の肉なんだよ。それ」

「ランニング・ボア」

「あ？　ランニング？　お前……適当な事言ってんじゃねぇだろうな？」

そんな名前の動物も魔物も知らないと、エギエディルス皇子は眉根《まゆね》を寄せていた。

「ボア・ランナーですよ」

ラナ女官長が、エギエディルス皇子に耳打ちする様に言えば。エギエディルス皇子は「やっぱり適当じゃねぇか」とさらに呆れるのだった。

「国王に木の実を切らせたり、皇子に肉を冷凍させたり、お前はオカシイ」とエギエディルス皇子はブツブツ莉奈に文句を言いながら、ボア・ランナーの肉を凍らせてくれた。

文句を言いながらその片手間に、である。自分が真似をして片手間でやったら、泥水が出そうだと莉奈は思った。

「エド、スゴイね」

難しい注文だったのに、しっかり半冷凍になっている。

これには莉奈だけでなく、皆もエギエディルス皇子に敬服する様な視線を送っていた。

「王族をコキ使うお前の方がすげぇよ」

なんだかんだと手を貸す自分も大概だと、エギエディルス皇子は笑った。

「で、どうするんだ?」

「まずは、薄く切って味見する」

肉が硬いか柔らかいかさえ、分からない。とにかく、味見をしなければ始まらない。

興味半分、不安半分のエギエディルス皇子が、莉奈の作業を見ていた。

薄切りにしたボア・ランナーの肉に軽く塩を振ると、莉奈はフライパンでサッと焼いた。

焼けたボア・ランナーの肉の匂いは、豚肉に似ている。

莉奈は、それを一口大に切り分け皿に盛った。

魔物の肉だと言われなければ、豚肉にしか見えない。

「ん?」

魔物の肉に抵抗感がない莉奈は、躊躇《ためら》う事なく口に入れた。

口に入れた瞬間、ふわりと嗅《か》いだ事のない香りがしたが、味は豚肉そのもの。獣臭さもほとんどなく、肉質は少し硬めだが豚肉より味が濃い気がする。

「「「どうなんだ？」」」

コレがサーロインステーキなら、こぞってクレクレ言うクセに、誰一人として手を伸ばさない。

莉奈が皆の顔を見て、一瞬殴りたいなと思ったのは、仕方がない事だろう。

「すご〜くマズイ」

莉奈は、そう言いながら冷蔵庫にしまってあるサラダ用のスライス玉ネギを取り出すと、そこにシーザーサラダ用のドレッシングをかけ、焼いたボア・ランナーの肉で包んでもう一口放り込んだ。

ボア・ランナーの肉は、味は濃いのに脂が少なくサッパリしているから、サラダにしてドレッシングをかけるとスゴく合う。

「マズイ割には良く食うな」

マテウス副料理長が笑っていた。

マズイなんて、どうせ莉奈の冗談に決まっている。マテウス副料理長も莉奈の食べ方を真似して口に入れた。

「……っ‼」

赤身肉に見えたボア・ランナーは獣臭そうだと想像していたのだが、臭みなど気にならないくらい美味しい上に、味はほぼ豚肉だった。

しかも、莉奈がしたサラダ感覚の食べ方は斬新で、サッパリしているからついもう一口と手が伸びる。

「少しクセはあるが、豚肉と変わらないな。玉ネギと合わせるとサッパリしていいな」

リック料理長も口にし、その美味しさに目を見張っていた。

「うまっ！　獣臭いかと思っていたけど、旨いな」

皆の様子を見ていたエギエディルス皇子も、莉奈に勧められると口に放り込み感嘆していた。

口に入れると一瞬、嗅いだことのない独特の香りが鼻に抜ける。だが、それすらもクセになるくらいすぐに、肉の旨味が口いっぱいに広がったのだ。

あの厳ついボア・ランナーが、こんなに美味しいとは想像した事がなかったのである。

「俺、今度コイツに出会ったら、一瞬ヨダレが出るかも」

「分かる！　恐怖と食欲の葛藤《かっとう》」

「そして自爆？」

皆は、このボア・ランナーに色んな思いを馳《は》せて笑い合っていた。

人里にも出て来る魔物なので、見た事がある人も多いそうだ。それがこんなにも美味しいなんて、考えた事もなかったと楽しそうに笑っていた。

「では、このボア・ランナーの肉を使って、夕食の一品を作りたいと思います」

――パチパチパチパチ。

莉奈がそう言えば、エギエディルス皇子以外の人達が手を叩《たた》いていた。

「何を作るんだ？」

「出来てからのお楽しみ」

エギエディルス皇子が興味深そうにしていたので、莉奈は人差し指を唇に当て笑って返した。

まぁ、コレだよと名前を出したところで、何かなんて想像はつかないだろうけど。

「あ、そうだ、エド。さっきハチミツレモンソーダ作ったけど、飲んでみる？」

「みる‼」

嬉《うれ》しそうに莉奈を見たエギエディルス皇子の笑顔に、皆はニヨニヨと表情が崩壊するのであった。


——と、いう事で。

夕食の一品はさておき、先にエギエディルス皇子に試飲してもらう事にした。

厨房《ちゆうぼう》の片隅に莉奈専用のテーブルとイスがある。そこに、エギエディルス皇子を座らせ、長細いグラスに入ったハチミツレモンソーダを出した。

「コレが〝ハチミツレモンソーダ〟か？」

「だね。で、そこにアイスクリームをのせると〝ハチミツレモンフロート〟に早変わり」

氷多めのハチミツレモンソーダの上に、莉奈は魔法鞄《マジックバッグ》から取り出したミルクアイスをポンとのせた。

あっちの世界ではフロートといえば、メロンソーダかコーラの上にアイスをのせるのがポピュラーだろう。

でも、甘酸っぱいハチミツレモンソーダにも合うと思う。ジュースにアイスクリームがのるとなんだか楽しいよね。

「何それーーっ‼」

ズルいという思いをのせた様な絶叫が、リック料理長の脇から聞こえた。

「「「……リリアン」」」

気持ちは分かるがウルサイぞ、と皆の視線が集まっていた。

「アイスクリームをスプーンで寄せて飲むと、飲みやすいよ」

ストローがないから仕方がない。

莉奈は、どうやって飲もうか悩んでいたエギエディルス皇子に、細長いスプーンを手渡した。

アイスクリームもそれで食べれば良いだろう。

「ん‼」

莉奈に言われ、ハチミツレモンソーダを一口飲むと、初めての炭酸にエギエディルス皇子は目を丸くさせていた。

「すげぇ、ピリピリ？　シュワシュワする‼」

喉越《のど》しまで刺激を感じ面白いと、エギエディルス皇子は瞳《ひとみ》をキラキラさせていた。

「アイスクリームと一緒でも美味しいでしょう？」

「旨い‼」

「アイスティーでも美味しいよ？」

莉奈が他の飲み物でも美味しいと提案すれば、エギエディルス皇子は楽しそうに聞いていた。

「シュゼ兄が喜びそうな飲み物だな」

「あ〜アイスクリーム」

エギエディルス皇子と莉奈は笑ってしまった。

あの方は、アイスクリームがあればなんでもイイ気がする。

莉奈がシュゼル皇子用にアイスティーのフロートを作ると、エギエディルス皇子は持って行くと言って、厨房から去っていったのであった。


「ところで、エドは何しに来たんだろう？」

まさか、フェリクス王に見張っておけと言われているなんて思っていない莉奈は、首を傾げていた。

エギエディルス皇子は兄に言われてすぐ、莉奈がどこにいるか気になり見に来たのだが、厨房にいると分かり安心して去ったのだ……が、誰もそんな事情を知る由もなかった。

「可愛いからイイけど」

莉奈は結果、そう考えて一人頷《うなず》いて作業に戻る事にした。

「俺達は何すればいい？」

手の空いた料理人が徐々に、莉奈の手伝いに回って来た。

一度作った料理なら、後からでも分担して出来るので、莉奈の手伝いをと考えてくれた様だ。

「確かキャベツってあったよね？」

「あるよ～」

と料理人が二人がかりで重そうに、作業台にドカンと載せた。

「デカいな」

莉奈の知るキャベツからは少し遠かった。

一口サイズの芽キャベツでもなく、一般的な顔くらいの大きさでもなかった。車のタイヤくらいありそうだ。

大きなキャベツといえば、日本にも〝札幌大球〟があるけど、どちらが大きいのだろう。莉奈は鰊《にしん》漬けでしか札幌大球を食べた事はないが、甘くて美味しかった覚えがある。

「あれ？　スープに良く入ってるキャベツってこのキャベツ？」

「時期によるな」

その時々で旬の野菜を仕入れるので、いつもその野菜とは限らないとリック料理長が教えてくれた。

今、食料庫にはないが、莉奈が馴染《なじ》み深い普通の大きさのキャベツも勿論《もちろん》あるそうだ。

「芽キャベツもあるよ？」

「対比がスゴいね」

リリアンがその巨大なキャベツの隣に、芽キャベツをちょこんと並べた。

本物の乗用車のタイヤの隣に、オモチャのタイヤを並べたくらい差がある。

カボチャも手で持てないくらい、巨大なのがあると聞いた事があった。

莉奈の野菜の概念なんて、この世界では通用しないのだろう。

「巨大なロールキャベツが出来そう」

莉奈は、ポソリと呟《つぶや》いた。

キャベツの葉が一枚一枚大きいから、肉を包むのも一苦労だし、作るのも食べるのも大変そうだ。

「何？　ロールキャベツって」

「う〜ん？　柔らかく煮たキャベツの葉で、ハンバーグを包んだ煮込み料理？」

ザックリ言うなら、そんな感じだろう。厳密に言うと違うけど。

そう莉奈が説明すればリック料理長が、分かった様な分からない様な表情をしていた。

なら、ロールキャベツにしようか？　と皆に訊《き》いてみる。

「お酒に合う料理とロールキャベツ、どっちを作る？」

「「「お酒に合う料理‼」」」

答えなど、訊く意味はなかった。

「んじゃ、とりあえず……ボア・ランナーの肉は挽肉《ひきにく》に。キャベツはみじん切りにしてくれるかな？」

「どのくらい切る？」

「味見分」

「「じゃあ、いっぱいだ」」

と皆が楽しそうに言うものだから、相変わらずだなと莉奈は呆《あき》れ笑いしていた。

ガッツリ食べたら、それは食事だからね？

「なら、私とリックさんは生地を作ろう」

〝タネ〟の材料は皆が準備してくれている。

ならば、莉奈はそれを包む生地を作ろうと作業に取り掛かった。

「ん？　これ強力粉？」

「うん。強力粉」

莉奈がリック料理長のボウルにも強力粉を入れれば、何の粉か早速訊いてきたので答えた。

「大きめのボウルに強力粉を入れて、そこに熱湯を回しかけスプーンなどでざっくりと混ぜる」

「水でもぬるま湯でもなくて、熱湯？」

「熱湯」

「なんで？」

「……えっと、熱湯だと小麦粉に入ってるグルテン？　が『テメェ、俺様に熱湯をかけるとはイイ度胸だコンニャロ』って怒って、生地をモチモチにする？」

「グルテンって、ジジイなの⁉」

「え、小麦粉が騒ぐの⁉」

「グルテンを怒らせていいの⁉」

分かる様な分からない様な莉奈の説明に、皆が苦笑いしていた。

だが、真面目なリック料理長だけは、それをヒントに何か思い付いた様子だった。

「あれ？　じゃあ、毎日作っているパンも熱湯で作ると、モチモチするのか？」

「するよ？」

しかもしっとりするのが、熱湯で捏《こ》ねる湯種パンである。

いい機会かなと、莉奈は記憶を頼りに他のパン種の説明もする事にした。

「その方法は〝湯種〟って言って、パン生地をしっとりモチモチにする」

「湯種か」

「ちなみに、パン作りにはストレート法、老麺《めん》、中種法、ポーリッシュ法、湯種、色んな方法があるんだよ。いつも皆がやっているパン作りは、そのどれかの方法だと思う。しらんけど」

「「「そこまで言って、しらねぇとかある⁉」」」

莉奈の適当なのか詳しいのかも分からない説明に、皆は驚愕《きょうがく》していた。

毎日作っているパンなんて、莉奈に教わって十分知った気でいたが、まだまだ序の口だった。

知った気でいた自分達が恥ずかしいと、嘆きの代わりに深いため息が漏れていた。

「ぬるま湯で捏ねるのは何？」

「……」

何と言われても咄嗟《とっさ》に答えが出るほど、莉奈は詳しく知らない。

口に手を当て、作り笑いをしながら首を傾げた。

「マジでしらねぇのかよ」

リック料理長の隣にいたマテウス副料理長は、肩を落とした。

莉奈の事だから、説明が面倒とかいうオチだと思ったのだ。

「だって、私は一般人でパン職人じゃないからね」

と莉奈があっけらかんと言えば「お前が一般人なら、俺達は何よ？」と皆はさらに落ち込むのであった。

そんな皆を見て、なんか可哀想になった莉奈は、うろ覚えながらも思い出しながら説明してみた。

「まぁ、私の記憶もいい加減でアテにはならないけど……確か、材料をいっぺんに入れて作るのが、ストレート法。老麺は、前日のパン生地を混ぜて作る方法。湯種はコレと同じ様に熱湯で捏ねる方法。ポーリッシュ法は別名液種とか言ったハズだから、皆が良く使う液体酵母から……」

「まった待ったまった‼　リナ、メモするから頭からもう一度‼」

次々と説明する莉奈に、リック料理長とマテウス副料理長が、慌ててコックコートから紙とペンを取り出した。

一度に説明されても、頭に入らないのだろう。

だけど、莉奈は粉を捏ねる手を止めて、盛大にため息を吐《つ》いた。

「え〜面倒くさ〜い」

「「リナ〜」」

相変わらずの莉奈に、皆は苦笑いが漏れる。

莉奈のやる気と面倒くさくなるスイッチの、境界線が分からない。


——結果。

ブツブツ言いながらも莉奈はもう一度説明したのだった。

「説明している間に生地がまとまったので、濡《ぬ》れ布巾《ふきん》をボウルにふわっと掛けて、その辺に置いて一時間くらい寝かせとく」

さっきまで熱湯を入れてベタベタしていた強力粉は、莉奈の手で見事に捏ねられてまとまり、表面にはツヤが出ていた。

「小麦粉の生地は基本的に、発酵させるか寝かせるんだな」

「だね」

それにより、粉っぽさがなくなったりモチモチしたり、しっとりしたりする。勿論、寝かさないモノも中にはあるけど。

「ちなみに分量は少し違うけど、さっきみたいに〝白い粉〟に塩を足して作った生地を一晩くらい寝かせて水で洗うと、生麩《ふ》とか焼《や》き麩の材料になる〝白い塊〟が出来る」

「「「白い塊??」」」

「そう。で、その白い塊を洗った水を捨てないで一晩寝かせると、〝白いモノ〟が沈殿してくるらしい」

「「「白いモノ」」」

「うん、白いモノ。でね、それを布巾とかで濾して乾燥させると、水餃子《すいぎょうざ》の皮とか団子とかを作る〝白い粉〟が出来るんだよ?」

「「「白い粉」」」

何かスイッチが入った莉奈が、一生懸命に色々と説明してくれているのだが、パンの製法でいっぱいいっぱいの皆には、水で洗うとか生麩とか団子とか言われても、それはもはや神の境地だった。

それどころか料理の説明なのに、莉奈はそのすべてを白い何かで漠然と説明してくれるから、ヤバイ物の精製方法にすら聞こえてしまう。

結果的に皆の頭の中には〝白い塊〟や〝白いモノ〟、〝白い粉〟しか情報として残らなかった。

「んじゃ、たくさん説明して疲れた私は、生地を寝かせている間に、昼寝でも――」

「おーい、挽肉‼」

「キャベツ‼」

ゴミ箱の上で寝ようとしていた莉奈に、皆は慌てて作業が途中だとツッコんでいた。

放っておけば、莉奈は本気で眠ってしまうだろう。

「忘れてなかったんだ」

テヘッと莉奈が笑えば、皆は苦笑いするのであった。


「では、みじん切りにしたキャベツは、軽く水洗いして塩を混ぜておいて、挽肉は塩を加えて粘りが出るまで捏ねて？」

「捏ねればいいんだな？」

頼まれたリック料理長は、莉奈に頼まれ笑っていた。

顔より大きなボウルに、ボア・ランナーの挽肉がたっぷり入っている。捏ね甲斐《がい》がありそうだ。

「粘りが出たら、擂《す》り下ろしたニンニク、ホースラディッシュを入れてさらに捏ねる」

リック料理長の捏ねている横で、莉奈はニンニク、生姜《しょうが》代わりのホースラディッシュを用意し、リック料理長の捏ねているボウルに入れた。

「キャベツはなんとなくしんなりしたら、固く絞る」

「コッチは俺がやればいいんだな？」

そう説明した莉奈に、キャベツの入ったボウルを手渡されたマテウス副料理長。手渡すというより、押し付けられた気がするなと笑っていた。

「で、その二つを混ぜて、醬油《しょうゆ》とかホーニン酒とか他の調味料も入れて、さらに混ぜて、〝タネ〟の出来上がり」

「「「ホーニン酒‼」」」

調味料として――魔法鞄《マジックバッグ》から、米のお酒ホーニン酒を取り出せば、莉奈は皆の注目の的になっていた。

「もったいない〜飲ませろ〜」

莉奈がボウルに入れれば、飲んだ事のある人もない人も、恨めしそうな声を上げていた。

調味料として使うのがもったいないと。

莉奈はそんな皆を横目に苦笑いしていた。

本当はここに、オイスターソースとかごま油も入れたいところだけど、ホーニン酒と醬油、砂糖で我慢する。

「〝タネ〟って言ってたけど、コレをどうするんだ？」

ハンバーグではなさそうだと察したリック料理長が、莉奈をチラッと見た。

「捏ねた強力粉の生地で包む……んだけど」

「だけど？」

「なんか、棒ない？」

莉奈の記憶が確かなら、麺棒《めんぼう》がここにはなかった。

家で作る時は、ホームセンターで買った配管用の塩ビ管で代用していた。配管だけに水に強いから、洗っても木みたいにカビないし清潔だ。

それに出会う前は、アルミ箔《はく》やラップの芯《しん》で代用していたけど。

莉奈は何かで代用出来ないかなと、辺りを探して見た。

「棒？」

「え？　まさかタコみたいに叩《たた》くの⁉」

「モップならあるよ～？」

タコを叩いた莉奈が、また何かするのかと勘違いした皆は、訝《いぶか》しげに棒を探していた。

「ワインの瓶でいいや」

真面目に探す気のない皆を横目に、莉奈は棚にあったワインの空瓶《からびん》を取り出した。

それをキレイに洗い、まだ近くにいたラナ女官長に浄化魔法を掛けてもらう。

「空の瓶？　まさかそこに肉を詰めるの？」

「詰めないよ」

空瓶に魔法をなんて言うものだから、ラナ女官長がビックリした様子で訊《き》いてきた。莉奈は思わず笑ってしまった。

料理に発想は大事だけど、斜め上過ぎる。瓶に肉を詰めたとして、食べるために瓶を割るのは危ないと思う。

「寝かしておいた生地をまず棒状にして、何等分かに切る。切り分けた生地を手の平で丸めてから押《お》し潰《つぶ》して、打ち粉をたっぷりまぶしながら、このワイン瓶でコロコロと伸ばしていく」

「あはは、なんか泥粘土で遊んでるみたいで、面白……ったい！」

「リリアン、まず説明を聞け」

莉奈の真似をして勝手にやり始めるリリアンに、リック料理長のゲンコツが落ちていた。

莉奈は苦笑いしながら、説明を続ける。

「真っ平らじゃなくて、真ん中は少し山にして周りだけ薄く伸ばすと、タネを包んだり焼いたりする時に破けづらい」

「あはは、なんだ。簡単簡単～‼」

「「「……」」」

リック料理長に怒られたにもかかわらず、再び生地を伸ばしていたリリアンに絶句しつつ、その手元を見れば……莉奈の指示通り完璧《かんぺき》に仕上がっていたので、今度は唖然《あぜん》としてしまう。

いつも何かやらかして怒られているリリアンが、手際良く笑いながら次々と生地を丸く伸ばし成形しているのだ。

意外過ぎる才能に、皆は開いた口が塞《ふさ》がらなかったのであった。

どうしてだ……と、一瞬納得がいかなかったが、野菜の飾り切りもリリアンが一番上手だった事を思い出した。

パンでの知識が役に立っているのか、リリアンは説明してもいないのに、生地には伸ばす前も後も乾燥しないように布巾を被せていた。

いつも怒られているリリアンの完璧な仕事ぶりに、莉奈も皆もぐうの音も出なかった。

「出来たよ〜」

あ〜面白いと言いながら、リリアンはそこにあった生地をすべて仕上げたのである。

その出来た生地を、莉奈は一枚手に取った。

リリアンが伸ばした生地は素人とは思えず、もはや玄人に近い。莉奈の出る幕などなかった。

莉奈はさっそく次の作業に移ることにした。

「リリアン師匠が作ったこの生地を〝皮〟って言うんだけど、それでさっき混ぜたタネをこんな風に包む」

刃のないバターナイフでタネを掬《すく》い中央にのせると、強力粉で作った皮で包んだ。

その時に、波のようなヒダを付ければ、とりあえず完成だ。

「え？　ちょっと待て」

「今、どうやってやった？」

「サッ、シュッで、なんでこんな風になるんだ？」

莉奈の不思議な包み方に、皆は釘付《くぎづ》けである。

手元を見ていたつもりだったが、どうやってヒダを付けたのか分からなかった。

「ヒダは色んな付け方があるよ？　一方向の波形、両サイド、表と裏の両方」

「え？　え？」

「手際良すぎて分かんないよ」

「他の包み方もある」

「「とりあえず、基本をお願いします‼」」

莉奈が色々な種類の包み方をすれば、皆はキャパオーバーになっていた。

久々の餃子《ぎょうざ》作りに、莉奈はつい調子に乗ってしまったなと、苦笑いしていた。そうなのだ。莉奈が酒のツマミに選んだのは、餃子だったのである。

「まぁ、皮のヒダの付け方は人差し指と親指で……」

「人差し指と親指？」

「こうか？」

「あれ？　なんか違うな」

今度はゆっくり説明しながら、皆に教える事にする。

餃子をたくさん作るのは面倒だ。一人では絶対無理だしね。

歪《いびつ》な物も多少あるけど、料理って皆で作ると楽しい。

家族皆で作ったなと思い出し、莉奈はなんだか嬉《うれ》しくなったので、さらに詳しく説明を続けた。

「この皮で包んだ状態が〝餃子〟って言うんだけど、餃子には焼く〝焼き餃子〟。蒸す〝蒸し餃子〟。茹《ゆ》でる〝水餃子〟。油で揚げる〝揚げ餃子〟とザックリ四種類ある」

「え？　そんなに種類があるの⁉」

「あるよ？　ちなみに今日は焼き餃子。なので、包み方は一般的な波形がいいと思う」

「あぁ、今作ったコレな？」

「蒸し餃子の場合は、華やかな方が映えるから、風車とか……こうやって薄い餃子を並べて包む、バラとかがいいと思う」

「なるほど……？」

「水餃子は金魚とか、こんな帽子型の餃子が面白いし可愛い」

「うん？　可愛いけどーー」

「「「今日は通常でお願いします‼」」」

さらに難しそうな包み方を教えてくれる莉奈に、皆はストップをかけた。

基本も出来ていないのに、応用は無理だと皆は莉奈に改めてお願いするのであった。

◇◇◇

「じゃあ、包み終わった餃子を焼いていきますか」

莉奈はとりあえず、フライパンに油を引いて作った餃子を並べ始めた。

店では熱したフライパンにのせるみたいだけど、並べてから火を付けても構わない。

餃子の焼き方も並べ方もそれぞれだと思う。なので、莉奈は家で良くやっていた方法にする事にした。

大勢で食べるなら、フライパンに円を描く様に並べる。コレが一番だよね。

「並べる時はフライパンの油に餃子の底を滑らせる様に並べると、キレイな焼き目が付いていいと思う」

「なるほど。で、丸く並べるんだ」

「皆で食べる時はね」

家族や気の合う仲間達と、鍋《なべ》みたいに同じお皿をつっついて食べるのは楽しい。

ただ、空気の読めない人や身勝手な人がいると、大皿は絶対に奪い合いになる。

数に限りがあるのに、人の事などお構いなしに食べるからだ。こういう時にこそ、性格が出ると思う。

「焼き方は……羽根つきにしよう」

羽根つきだと、周りがパリパリして食感が堪らなくて美味しい。

莉奈は小さなボウルに、小麦粉をぬるま湯で溶いて準備していた。

「「「羽根つき?」」」

「ロックバードの羽根?」

「怪鳥の羽根?」

「ヒヨヒヨ鳥の羽根?」

食べ物に〝羽根つき〟なんてないものだから、皆は大きく首を傾げていた。

莉奈はヒヨヒヨ鳥ってなんだろうと小さく笑いながら、作業の手を進めた。

「フライパンに火をつけて、餃子に少し焼き目が付いた頃に、小麦粉を溶いたぬるま湯を餃子が浸る程度に入れる。それから、蓋《ふた》をして中火か強火で蒸し焼きにする」

家でやる時は面倒くさいからぬるま湯でなんかやらないし、なんなら火をかける前に全部入れてしまう。

それでも放っておけば、適当に美味しく出来るからだ。

「小麦粉を溶いたぬるま湯?」

「うん。本来ならここで熱湯を注ぐんだけど、焼き上がりにパリッとした羽根みたいな膜を作りたいから、小麦粉を溶いたぬるま湯を入れたの。熱湯で小麦粉を溶かすと小麦粉に火が通って、入れる前にトロッとしちゃうから」

「あぁ、なるほどな。アレ？　でも水じゃダメなのかい？」

リック料理長が熱心に訊いてきた。

疑問を疑問のままにしないのが、リック料理長とマテウス副料理長である。

「面倒くさいなら水でもイイけど、水だと餃子の皮が皺々《しわしわ》になって、食感が悪くなる気がする。そっちで試せば？」

「「試さないよ」」

食感に違いこそあるものの、味に支障はないと言ったけど、笑って却下されてしまった。

大変な思いをして作った物を、食感が悪いと聞いた後に調理したくない様だ。まぁ、ここは家庭ではないから、最高な方法を選ぶ必要はあるよね。

「んじゃ、餃子を焼いている間に、つけダレを用意しよう」

味付けはしてあるからそのままでも美味しいけど、せっかく醤油《しょうゆ》がある事だし、つけて食べたい。

「つけダレ？」

「この餃子とかいう物に、何かつけるって事？」

「だね。そのままでも充分美味しいけど」

餃子につけるタレは好みだけど、とりあえずはポピュラーなつけダレを小皿に用意する事にする。

「まずは、鍋に油を適当に注いで熱しとく」

「え？　油？」

「うん、油」

「温かいドレッシングみたいなモノかい？」

「違うよ。どちらかというと、マー油みたいなモノ」

「なるほど」

温かいドレッシングだなんて、発想が面白いよね。

莉奈はリック料理長の言葉に、思わず感心してしまった。

「油が温まるまでの間に、ハバチョロやニンニクを微塵《みじんぎ》切りにしてボウルに入れておく」

こちらの世界の唐辛子ハバチョロとニンニクを微塵切りにする。

山椒《さんしょう》を入れたら唐辛子とは違った刺激が堪らないし、油をゴマ油にしたりゴマを入れたりしたら風味豊かになる。

……が、ないので簡単な作り方にしてみた。

皆は餃子を焼いているフライパンや、莉奈の作業をチラチラと見ていた。

時間が経つにつれ、蓋をしているフライパンの隙間から蒸気に紛れイイ匂いがしてくるので、気になって仕方がない様である。

「あ、チリチリしてきたね」

餃子を焼いているフライパンから、水分が少なくなってチリチリと音がしてきた。

「チリチリしてきたら、蓋を取って油を回しかける」

莉奈は羽根になる部分の外側から、油を少量回しかけた。

油を入れると音が変わり、パチパチとしてくる。本当は、ここでゴマ油がベストなんだけど、ないのが残念である。

「リナー。鍋の油が熱くなってきたけど？」

料理人が手を翳《かざ》し、鍋で温めていた油の温度を確かめてくれた様だ。

「ん〜、じゃあ、それをそのハバチョロの入ったボウルに注いでくれる？」

莉奈は餃子で手が空いていないので、教えてくれた料理人に頼んだ。

ただ、油をボウルに注ぐだけの簡単な作業だ。ふざけなければ、危険もないし大丈夫だろう。

「一気？」

「一気でもいいけど、油が――」

跳ねるから気をつけて、と言おうとしたら叫び声が聞こえた。

「んぎゃーーっ‼　目が、目がぁぁぁ〜っ」

「ゴホッゴホッ‼」

「鼻が痛いっ‼」

何も考えずに一気に入れたみたいだった。

「あ、それ、油を入れると粘膜を刺激するから、気をつけて？」

「「「そういう事は早く言ってくれる⁉」」」

入れる前に言って欲しいと、皆が泣いていた。

微塵切りにしたニンニクや唐辛子がたくさん入っているから、油が入ると一気に目や鼻が刺激され痛くなるんだった。

どうなるんだろうと、皆がボウルを中心に輪になって見ていたから、全員が唐辛子の刺激でやられた様だ。

あはは。面白いよね。

莉奈は餃子を大皿に移しながら、大笑いするのであった。


「結局、その赤い油は何なの？」

難を逃れていたラナ女官長が、苦笑いしながら莉奈に歩み寄ってきた。

何が起きるか分からない時は、やらかす莉奈の側にいた方が逆に安全な場合もあるからだ。

「辣油《ラーユ》」

「ラーユ？」

「ピリ辛の調味料」

酢が入っているタバスコより、ラー油の方が舌にガツンと刺激が来る気がする。

ラー油が入ると一気に中華な気分になるよね。

「タバスコとは違うのね」

「うん。タバスコみたいにお酢は入れたりしないね」

そう説明していて、莉奈はフと気になった事がある。

「そういえば、タバスコって、ハバチョロとかペッパーZから作ってるって聞いた事があるけど、なんでタバスコっていうの？」

あっちの世界では、タバスコは〝チレ・タバスコ〟っていう、唐辛子の一種を使った調味料だから、タバスコと名がついた様な話を聞いた事がある。

なら、この世界でもタバスコという唐辛子は存在するのだろうか？　と素直に疑問を感じたのだ。

「さぁ？」

とラナ女官長が首を傾げていたら、リック料理長が代わりに教えてくれた。

「〝タバスコ〟が作ったから」

「え？」

「ハバチョロ農家のバス・タバスコが考案したから、タバスコと呼ばれる様になったって耳にした事がある」

「バス・タバスコ……」

なんだ、それ。

サンドウィッチ伯爵みたいなノリだった。

あっちと同じ物・名前だけど、由来が違うのは面白い。

「ソレもリナが〝ラー油〟と言わなければ、リナ油《あぶら》とか呼ばれる。グフッ」

厨房《ちゆうぼう》を出禁になってしまった侍女サリーが、カウンター越しにこちらを覗《のぞ》いてグフリとイヤな笑みを浮かべていた。

バス・タバスコやサンドウィッチ伯爵の例を考えれば、あり得ない事もない……が。

――リナ油。

ものスゴく嫌なネーミングである。

「リナ……油」

ラナ女官長が、顔を逸らして笑いを堪えていた。

「「「ぷっ」」」

黙っていた皆も、堪らず失笑していた。

リナ油がツボにハマった様である。

「もう、餃子《ぎようざ》あげないよ⁉」

チラチラ莉奈を見ながら笑うものだから、莉奈は抗議するのだった。

◇◇◇

餃子のつけダレは醤油のみ、醤油にお酢を入れた物、そこにラー油を足した三種類をとりあえず用意した。

家では酢胡椒《こしょう》一択だったけど。お酢が真っ黒になるくらい胡椒を入れて、餃子を浸けるのがものスゴく美味しい。

お酢で口がサッパリするし、胡椒がピリッとしてアクセントになるから、次々と餃子に手が伸びた。真っ黒になるまで胡椒を入れても、辛さを感じないのが不思議。

「餃子旨っ‼」

「中の肉汁がスゴく美味しい」

「皮がパリッモチッて、たまらん」

「モチモチしてイイよね」

「羽根がパリパリしてて、香ばしくて美味しい」

「醤油？　塩と違って、この独特な風味が美味しいよね」

はふはふしながら皆で焼き立ての餃子を突《つつ》けば、初めての餃子はあっという間に皿からなくなった。

特にリリアンは、次から次へと素早く手を伸ばして口に放り込んでいたから、人の倍は食べていた気がする。

皆にお伺いも立てない勇気ってスゴいよね。

「ラー油の辛さと香りがいいな」

「辛味がいいわね」

リック料理長は奥さんのラナ女官長と仲良く、餃子も調味料も味わっていた。

食感や風味、色々と考えおさらいしながら食べていたみたいだ。

「白飯が食べたい」

そんな皆を見ながら、莉奈はポツリと呟《つぶや》いた。

タレを多めにつけた餃子を、白飯の上にチョンチョンと置いてから、口に放り込みたい。

そもそも餃子も一つだけじゃ物足りないけど。

「ご飯か」

リック料理長が莉奈の呟きを拾っていた。

想像したのか、確かに合いそうだとリック料理長も頷《うなず》いていた。

「だけど、皮を作る作業が……」

「……この肉詰め作業も大変だよな」

美味しいと食べていた料理人達は、食べ終わるとポツリと呟いた。

餃子が皿からなくなると、悲しい現実に向き合い始めたのである。

挽肉《ひきにく》を作る作業も、皮を作る作業も大変だが、最後に待っているのはこの包む作業だ。

慣れない上に、それなりの個数を作らないといけない。

味見ではないのだから、一人一個なんて訳にはいかないだろう。

「え？　私は陛下達の分しか作らないよ？」

皆が悲壮感漂う目で訴えてきたので、莉奈はハッキリ断った。

家で作る時は、弟と仲良く作業したけど、それだって何時間もかかったのだ。家族の分でもそうなのに、皆の分なんてゾッとする。

「「「リ～ナ～」」」

皆の縋《すが》る様な声が響くのであった。

◇◇◇

「リナ？　まだ何か作るのか？」

莉奈が冷蔵庫から鶏肉こと、ロックバードのムネ肉を取り出し始めたのを見た皆が、俄《にわ》かに騒めく。

「エドの好きなからあげを作ろうかと思ってね？」

「あぁ、それはいいな」

エギエディルス皇子はからあげ大好きっ子だからね。

フェリクス王も肉好きだし、一石二鳥である。


——バンバンバン。

厨房に異様な音が響き始めた。

「お前……何をやってるんだよ」

マテウス副料理長が頬を引き攣らせていた。

莉奈がロックバードのムネ肉に切り込みを入れたと思ったら、今度は何故か小さな片手鍋《なべ》の底を使って、徐《おもむろ》に肉を叩《たた》き始めたからだ。

からあげを作ると言っていたハズなのに、莉奈がどういう理由で叩いているのか分からない皆は、ドン引きである。

「鶏肉を平たく伸ばしてる」

麺棒《めんぼう》がないから鍋底《なべぞこ》を使っているだけだ。ワイン瓶だと割れるかもしれない。

家でやっていたら絶対に怒られるだろうけど、ここは意外にもフリーダムで何も言われない。呆《あっ》気《け》に取られているとも言うが。

「え？　からあげってそんな作業あったの？」

「ないよ」

ラナ女官長が目を見張っていると、リック料理長が苦笑いしていた。

普段料理を作らないラナ女官長からしたら、これも必要な作業だと言われれば納得しそうだった。

「あ」

「「「あ？」」」

急に作業を止めた莉奈に、皆も手を止めた。

「リックさん、後やっといて？」

莉奈は一枚だけ鶏肉を平たく伸ばすと、叩くのに使っていた片手鍋をリック料理長に手渡したのだ。

リック料理長は咄嗟《とっさ》に片手鍋を受け取りつつ、頭の中にはハテナマークが浮かんでいた。

「へ？　やっといて？　え？　何を？」

「鶏肉をこんな風に、平たくしといて？」

「しといてはイイけど、リナはどこに行くんだ？」

「材料を探して来る」

「は？　あ、オイッ⁉」

莉奈はそう言うが早いか、リック料理長に後は丸投げして厨房から出て行ったのであった。

リック料理長、片手鍋を持ち唖然《あぜん》である。

説明という説明もなしに、莉奈は消えたのだ。

「材料を探して来るって……どこに？」

隣にいたラナ女官長も唖然としていた。

大抵の物は、この厨房にあるハズ。なのに、今から探すと言って厨房を出る意味が分からない。

「リナの事だから、隠し調味料として虫でも捕りに行ってる。グフ」

まだそこにいたサリーが、面白そうに笑っていた。

「「「虫」」」

そんな訳があるハズがない……と強く否定出来ないのは何故だろう。

まさかと思いつつ、少し不安になる皆なのであった。

第2章　八角は六角か七角だと思っていた

そんな疑いをかけられているとは思ってもいない莉奈《りな》は、転移の間を使って【黒狼宮《こくろうきゅう》】に来ていた。

香辛料やハーブ系は銀海宮《ぎんかいきゅう》の厨房より、黒狼宮の方が断然豊富だからだ。

最近は、どの宮も基本的には同じメニューが出る事が多いが、以前は宮ごとに違った。軍部の白《はく》竜宮《りゅうきゅう》は肉を使った料理が多かったし、ここ黒狼宮は野菜系が多かった。

その名残で今も、他と同じメニューに加え、野菜多めの料理やハーブ系の料理がプラスで選べるのである。

「あ、リナだ」

「どうしたの？」

前触れもなく、いきなり現れた莉奈に、皆は一斉に手を止めた。

そんな皆に莉奈は挨拶《あいさつ》をすると、調合室の奥にある薬の棚に歩み寄った。

以前、ローヤルゼリーを作った時に入って見たら、薬としても使う香辛料がかなり豊富に取り揃えてあったからだ。

「何探してるの？」

莉奈がキョロキョロしていたら、研究員らしき人が訊《き》いてきた。

「う〜ん。花椒《ホアジャオ》、クローブ、シナモン……えっと、八角、フェンネル、陳皮《ちんぴ》？」

莉奈は思い出し指を折りながら、欲しい香辛料の名前を口に出す。

とりあえず、目の前にシナモンがあった。全種類は無理だと思うけど、何種類かは欲しいところだ。

「リナ……もう、ウチに来なよ」

自分より遥《はる》かに香辛料に詳しい莉奈に、研究員は唖然となり呟いた。

知らない香辛料の名前もあるし、興味がある。もっと詳しく知りたいなと、一緒に探しながら思ったのだ。

「粉がいいの？　そのまま？」

「粉」

香辛料をいつも使っている研究員が、莉奈の欲しい物をサクッと見つけ、小さな作業台の上に次々と用意してくれた。

一緒に探しながらも、半分は面白いなと香辛料の棚を見ていた莉奈は、とある麻袋に目を止める。

「スターアニス？」

袋に入っていた〝スターアニス〟なる物を、思わず手に取った。

何だろうと袋を開けてみれば、乾燥している茶色の小さな花がたくさん入っていた。八枚の花弁を持った星みたいな花で、なんだか可愛い。

それを見て莉奈はアレ？　と瞬きした。それが莉奈の知っている香辛料の〝八角〟と同じに見えたのだ。


【スターアニス】

キュウシキミはマツブサブサ科のシキミ属に属する常緑性高木の一種であり芳香を持つ。

その果実はスターアニスと呼ばれ、とある世界では大茴香《だいういきょう》、八角と呼ばれる。

〈用途〉

果実を乾燥させた物は、香辛料や香料として使用出来る。

〈その他〉

食用だが、美味しくない。

粉末は胃腸薬。マナの薬やポーションと混ぜると風邪薬となる。


思わずスターアニスに【鑑定】を使った莉奈は目を見張った。

「……八角じゃん」

八角は八角としか呼んだ事はないので、八角は八角だと思っていた。

いや、この世界にあったとしても異世界の事だから、七角とか六角とか微妙な違いくらいだと勝手に思っていた。

なのに〝スターアニス〟。なんだよ、カッコいいじゃないか。

でも、考えてみれば醤油《しょうゆ》も大豆製品ではなく〝ユショウ・ソイ〟という名の木の実だったのだから、八角も当然こちらの名や形であってもおかしくなかったのだ。

常識が通じないと知ったハズなのに、つい自分の常識で探してしまっていた。

しかも、莉奈がずっと花っぽいから花だと思い込んでいた八角が、実は果実だった事で、二度驚くことになった。

こっちの世界だから……ではなく、鑑定の表示を見る限り八角は果実なのだろう。

少し知っただけで知ったつもりになっていたけど、勘違いや思い違いをしていた事もあったのかもしれない。

莉奈は、勉強不足だなと反省していた。

「リナ?」

「え、あ、ごめん。ありがとう」

話し掛けられ我に返った莉奈は、探してくれた研究員に慌ててお礼を言った。

結果、あったのはクローブ、シナモン、フェンネル、八角ことスターアニス。

なければないで、いろいろ代用しようと思っていたのだけど、これだけあるのだ。代用品は必要ないだろう。

……八角がスターアニスという名前になっていた以上、当然〝陳皮《ちんぴ》〟も違う名称で存在する可能性があったのかもしれない。

そう思って再び棚を見た莉奈は、すぐに遠い目をして諦《あきら》めた。

薬草棚は壁一面にあるのだ。棚以外の引き出しや、麻袋に入っているのも含めたら、実に膨大である。目を酷使する以前に、面倒くさいなと諦めたのだった。

ちなみに、莉奈は気付いていないが〝陳皮〟とは乾燥させた蜜柑《みかん》の皮の事。生薬として使われる事もあるので、探せばあったかもしれない。


「それ、どうするの?」

美容液を作った莉奈の事だから、また何か作るのかもしれないと期待しかない瞳《ひとみ》で研究員は見た。

だが、莉奈から返って来た言葉は予想外だった。

「ん? からあげに使うの」

「え? からあげ?」

「うん。からあげ」

厳密に言うと、これから作ろうとしているのはからあげとは違うのだが、粉を付けて揚げるという意味では一緒だ。

塩や胡椒《こしょう》、醤油以外にも色々な味があるのだから、色んな味を食べてもらいたい。

からあげ好きのエギエディルス皇子はもちろん、肉好きのフェリクス王にも刺さる一品になるだろう。

「からあげって、小麦粉とかをまぶして揚げた物じゃないの？」

「基本はね。だけど、カレー粉を混ぜてもイイし、香辛料を混ぜても美味しいよ？」

「へぇ～」

どんな味でも合うんだから、鶏肉って万能だよね。

カレー粉が残っているから、カレー味も作ろうかな。

研究員が感心している横で、莉奈はからあげに思いを馳《は》せていた。


——ぐぅぅ～。


「リナ。お腹の虫が鳴ってる……あ」

研究員が莉奈の腹の虫で笑っていると、彼女のお腹もくぅ～と小さく鳴いた。

欠伸は移るなんて言うけど、腹の虫は違うよね。

顔を見合わせ笑ってしまった。

「お腹空《す》いているなら、さっき試作で作った〝餃子《ぎょうざ》〟があるけど食べる？」

夕食に出るとは思うが、おかわりは出来ないだろう。

せっかく黒狼宮に来たのだから、研究員の皆にも味見させてあげたいなと思ったのだ。

「餃子？　え、お菓子？」

「お菓子じゃないよ。えっと、ラビオリみたいな物？」

「ラビオリって何⁇」

「……」

興味津々な研究員に莉奈は唸《うな》っていた。

ワンタンみたいな物と言いたいけど、ワンタンなんてある訳がないから……堂々巡りだ。

あ、揚げワンタンも美味しいよね。

莉奈はどう説明しようか悩んでいたら、再びお腹が鳴った。

「少しだけあるから、あっちで皆と食べようか」

「やった‼」

莉奈は説明する事を諦め、他の皆と試食する事にした。

百聞は一見にしかずである。

似た物がない以上、説明のしようがない。

薬品の臭いがする調合室の脇に小さな机を持って来て、莉奈はそこにさっき作った餃子を魔法鞄《マジックバッグ》から取り出した。

パリパリの羽根が付いた焼き餃子である。

出した途端に、ふわりと香ばしい匂いが皆の鼻を擽《くすぐ》る。

「すでに匂いが美味しそう」

ゴクンと生唾《なまつば》を飲んだ研究員たち。

莉奈が小皿やフォークを用意するまで、指を咥《くわ》えて待っていた。

「辛いのが得意な人は、このラー油も試してみて」

もちろん、出来たばかりのラー油も出しておく。

「うっわ。見るからに辛そう」

「匂いがすでに辛い」

出来立てのラー油は、ものスゴく香りがいい。だが、匂いも辛い。

辛いのが苦手な人は、その赤さに顔を顰《しか》めていたので、醤油や酢も用意しておいた。後は各々、好きな調味料を付けて食べる事だろう。


「ん～っ‼　周りの皮？　モッチモチ」

「肉汁スゴッ！　うっま」

「ラー油？　辛っ‼　だけど美味しいわね」

「このパリパリしたヤツ、なんかイイ」

「「「美味しい～っ‼」」」

皆、イイ笑顔で速攻で完食である。

大皿には何も残っていない。人数分ちょうどだったので余りもなく、争奪戦は起きずに平和であった。

「今日の夕食に出るの？」

食べ足りないと、期待しかない瞳で皆が訊く。

さすがに一個じゃ物足りないよね。

「料理人達が頑張ってるけど、そんなにたくさんは無理だよ」

だって、ただでさえ初めてなのに、大量に挽肉《ひきにく》を用意してキャベツの微塵《みじん》切《ぎ》りをして包む皮の生地も作り、最後に何百も包むのは地獄でしかない。

もはや罰ゲームのようである。

なので、作れても一人数個が限界ではなかろうか。

「「「え～っ」」」

「だけど、からあげの新作も出す予定だから」

「「「やったぁ～‼」」」

落胆する声もあったが、新作のからあげの事を教えると、皆の表情はパッと華やいだ。

やっぱり、からあげは最強だね。

夕食はお酒やおつまみの〝ハイボール祭り〟だよと伝えれば、わっと小さな歓声が上がり、いつも以上に仕事に励む皆の姿が見えた。

どの世界の人達も仕事の後の楽しみがあると、気分は向上する様だ。

◇◇◇

「リナ」

香辛料も貰《もら》い、銀海宮に戻ろうと転移の間まで歩いていたら、魔法省長官のヴィル＝タールに出会った。

何処かに出ていて、ちょうど執務室に戻るところらしかった。

「こちらに来ていたのですね？」

「はい。ちょっと香辛料を貰いに」

エギエディルス皇子に魔法を教わる様になってから、いよいよ黒狼宮には来なくなったので、タール長官と会うのは久々である。

お世話になっているのだから、何か持ってくれば良かったなと莉奈は少し後悔していた。餃子しかないのだ。

「あ」

後悔で思い付いた。

以前、タコの流れでイカも仕入れたとかで、魔法鞄《マジックバッグ》にもイカが少しだけある。それを使って、タール長官に何か作ったらイイのでは？　と閃《ひらめ》いた。

「どうしました？」

「タールさん。これから執務室に戻られます？」

「そうですね」

「なら、後で執務室に寄っても宜しいですか？」

急いで銀海宮に戻る必要はないし、せっかくだから黒狼宮の厨房《ちゆうぼう》を借りて、何か作って来ようと莉奈は考えたのだ。

「構いませんけど――」

とタール長官の了承を得るが早いか莉奈は「では後で伺います」と足早に厨房に向かった。

そんな莉奈を見て、元気そうでなによりだと、タール長官は小さく笑うのだった。

◇◇◇

「リナだ」

「久しぶりじゃん‼」

「もっと頻繁に来いよぉ」

黒狼宮の厨房に着けば、皆が莉奈に次々と話しかけてきた。

白竜宮には頻繁に行っている気配がするのに、こちらにはあまり来ないからだ。莉奈がいると楽しいし勉強にもなるから、もっと来て欲しいと皆はやんわりとアピールしたのである。

「「「何作るの？」」」

皆、厨房に来る＝何か作る……だと思っているよね？

あながち間違いではないけど。

「ジャジャーン」

手を良く洗い、莉奈が魔法鞄《マジックバッグ》からイカを取り出せば、一斉に皆の表情が曇った。

「「「デビルフィッシュだ‼」」」

中には気持ち悪いと、二、三歩後退《あとずさ》った人もいた。

本当に悪魔だと嫌われているらしい。可哀想なイカちゃんである。

「タコをからあげにしたら、美味しかったでしょう？」

「「「うん」」」

「イカも美味しいよ？」

しかし莉奈が下処理を始めても、皆はまだ訝《いぶか》しげに見ていた。

見慣れた莉奈には良く分からないが、この見た目が気持ち悪い様だ。

「まぁ、イカはからあげよりフリッターだけど」

一口大に切ったイカをフリッターにすれば、ビールのおつまみになる。弟も大好きだった一品だ。

「フリッターって、フィッシュフライみたいな？」

以前、フィッシュフライを作った事があるから、すぐに想像出来たみたいだ。

「だね。今回は重曹を使わないやり方で作るから、どんな感じになるか食べ比べてみれば？」

「「「……う、うん？」」」

フリッターとひと言で言っても、衣は色々な作り方がある。なので、莉奈が味見を勧めてみても、返事が遅い上に覇気がない。

莉奈に言われても、イマイチ気分がのらない様である。

これが、お菓子だったら飛び付くのに、何この温度差。

莉奈は呆《あき》れながら、マイペースに作業に戻った。

イカは軟骨があるから、軟骨に沿って剥《は》がす様にしながら、手をグリグリ動かして内臓を身から引き剥がす。

コツはこれでもかってぐらいに、手を突っ込む事。剥がれたら、イカの三角の部分、エンペラを押さえて足ごと引っ張り出す。

多少内臓が破れても、どうにかなる。

「うっわ、気持ち悪っ‼」

「デビルフィッシュの身体に手を突っ込んでるよ」

「ギャー、ヌルって内臓が出てきた。気持ち悪い～」

莉奈が下処理していると、料理人達が頬を引き攣らせたり、口を押さえたりしていた。

確かにグロテスクではあるけど、魚の下処理はした事があるでしょうに。

「目玉がギョロッとしてる」

「リナ、殺人ならぬ殺イカ」

「神をも恐れぬ所業」

「内臓出して表情一つ変えないとか。まさに竜殺し《ドラゴンキラー》」

「うるさいよ」

一緒に作業しないクセに、ブツブツと言う事は言うのだから、莉奈は苦笑いしか出ない。

どうせ美味しかったら、ギャーギャー言いながらも作業することになるに違いない。

「新鮮だから、刺身もいいよね」

イカの身が透き通るくらいに新鮮なのだ。

莉奈はフキンを使ってイカの皮を剝《む》き、包丁でイカに線を引く様に細切りにし、皿に綺麗《きれい》に盛ってみた。

イカの刺身、イカそうめんの出来上がりである。

皆が食べなくても自分が食べるから大丈夫だ。

「え？　ひょっとしなくても、デビルフィッシュを生で食べるの⁉」

「食べるよ？　甘くて美味しい」

「うっわぁ」

「「「さすが、竜殺し《ドラゴンキラー》」」」

「黙ってくれるかな？」

眉根《まゆね》を寄せて皆が騒ぐものだから、莉奈は笑いながら文句を言った。

刺身が何か分からなくても、生の状態で皿に盛り付けしたので生で食べるつもりなのだと分かった様だ。

しかし、イカを食べるのと竜殺し《ドラゴンキラー》は違う……というか莉奈《わたし》は竜を殺さん。

「生っていえば、イカを食べやすい大きさに切って、軽く叩《たた》いた内臓《わた》と塩を入れて混ぜれば簡単〝イカの塩辛〟の完成」

ホーニン酒を入れたバージョンもサクッと作っておこう。

白いご飯と一緒に食べても美味しいし、蒸したジャガイモにのせても美味しい。弟は生臭いし気持ち悪いと、一切食べなかったけど、両親には好評だった。

手作りだと内臓《わた》の甘さを感じるし、塩味を調節出来るからイイよね。

半日置いた方が馴染《なじ》むんだけど、作ってすぐでも美味しい。

あ～、白飯食べたい‼

「うえぇっ、気持ち悪っ‼　今度は内臓と混ぜたし」

「げぇ、リナ……お前、内臓まで喰らうのかよ」

「デビルフィッシュ食うし、内臓食うし……怖っ！」

「魔物と書いて、リナって読むんじゃないかな？」

「「リナ、最恐」」

「本当にうるさいよ。キミ達」

作れば作る程に、戦々恐々とする皆に、再び文句を言った。

もう食べなくてもいいから、黙っていてもらえませんかね？

「じゃあ、次はイカのフリッターを作るよ～」

食べるかしらんけど。

莉奈は一応、説明しながら作る事にした。

「フリッターの衣は牛乳、マヨネーズ。後は薄力粉の三つで作る」

「え？　マヨネーズ入れるの？」

莉奈が作ったイカの塩辛や刺身を魔法鞄《マジックバッグ》に入れて、また違う料理を作り始めたら、皆もなんとなく興味が湧いた様だ。

牛乳はなんとなく理解出来たが、マヨネーズを入れる意味が分からないと、不思議そうな表情をしていた。

「油分が入ると、衣がサクッとなるんだよ」

なければ、少しの油でもいい。

「へぇ～」

そうは言いながらも、莉奈がその衣にぶつ切りにしたイカを投入すれば、再び皆の眉根が寄っていた。

タコは払拭《ふっしょく》出来ても、イカはまだデビルフィッシュから払拭出来ていないらしい。

「適当に混ぜて、油で揚げる」

からあげもそうだけど、揚げ物って見ているだけで至福だ。

ジュワジュワと揚がる音。たまにパチンと弾ける音。もう、耳が幸せである。

どうでもイイけど、菜箸《さいばし》がなんで普通にあるんだろう。

莉奈は違和感なく異世界の厨房に溶け込んでいる菜箸に、なんだか笑えた。

「おっ、イイ感じに揚がってきたね」

フリッターは軽く色付く程度に揚がれば完成だ。

莉奈は揚がり始めたイカから、ステンレスバットにホイホイと移した。

そして、揚げたてアツアツを一つ口に放り込む。

「イカ、甘っ」

はふはふとしながら揚げたてを食べられるのは、作り手の特権だよね。

この世界のイカも柔らかくて、甘みがあってとても美味だった。

塩を軽く振って口に入れれば、さらにイカの甘さが引き立つ。

「興味があるんでしょう？　ホレホレ」

莉奈は皆の前に、揚げたてのイカのフリッターをチラつかせた。

莉奈が目の前で美味しそうな表情をしていれば、やはり気になるのか皆が見ていたのだ。

「リナがそこまで言うなら……」

「「「ねぇ？」」」

なんて人のせいにしているが、結果……揚げたての匂いに負けたのだ。

莉奈の作るモノは、余程の事がなければどれも美味しい。しかも、莉奈自身が食べて美味しそうにしているのだから、騙《だま》している訳ではない。

一人がおずおずと手を伸ばせば、皆も様子を窺いながら同じく手を伸ばした。


「んっ⁉」

「うそっ⁉　コレがあのデビルフィッシュ⁉」

「タコより柔らかいし、ほんのり甘くて美味しいわね」

「グロテスクな見た目からは、想像出来ない旨さがあるな」

「白ワイン……」

「いや、エール」

あれだけ眉間《みけん》にシワを寄せていた人達とは思えないくらいに、莉奈の揚げたイカのフリッターに次々と手を伸ばし嬉々《きき》としていた。

「んじゃ、コッチもどうぞ」

その感動冷めやらぬうちに、イカの塩辛をと莉奈は小皿を魔法鞄《マジックバッグ》から取り出した。

「「「いらない」」」

その瞬間、うわっと表情が変わり、皆は全力で拒否反応を示したのであった。

イカがどうこうより、生と内臓がダメな様だ。

この独特な美味しさが分からないなんて、ものスゴく残念である。

莉奈はため息を一つ吐《つ》くと、渋々魔法鞄《マジックバッグ》にしまったのだった。


「リナ、何してるの？」

莉奈が再び何かし始めれば、興味津々とばかりに覗《のぞ》いてくる。

食材がデビルフィッシュでなければ、表情は明るいのだから笑ってしまう。魔物は食べられる様になってきたのに、デビルフィッシュはまだダメですか。

「ん？　ついでに、エドが好きな海老もフリッターにしようかと思ってね」

どうせ食べたければ、見様見真似で処理するだろうと考えながら、莉奈は冷蔵庫にあった海老の殻を剥き始めた。

もちろん、背腸《せわた》も忘れずに取る。ジャリッとして食感を悪くさせるからね。

ただ、海老フライみたいに筋切りはしない。丸くなってもコレは構わないからだ。

「海老なら手伝うよ」

と言う料理人たちも、現金なものである。

ならば、その勢いでコレもと莉奈がイカをスッと出して見せれば、ススッと潮が引いたみたいに後退した。

もう、笑うしかない。

今度こそ生のイカを食べてもらうのは諦《あきら》めて、海老を手伝ってもらう事にした。

「誰か、卵白に塩を少し入れてメレンゲを作ってくれる？」

「分かった〜」

「アレ？　さっきメレンゲなんか使ったっけ？」

海老の殻を剥き始めた料理人が、首を傾げていた。

イカのフリッターの時には、メレンゲを使わなかったからだ。

「どうせなら、違う方法でフリッターにしようかなと」

フリッターと一口に言っても、他の料理同様でやり方作り方は様々である。

王宮には人数が大勢いるし、違う方法でやっても無駄にならないからイイよね。家庭なら、こんなに色々な方法は出来ない。

「ボウルに小麦粉、片栗粉、水を入れて良く混ぜ合わせる。そこに、別のボウルに塩を入れて泡立てたメレンゲを、二回に分けて加えて、ふんわりと混ぜれば衣の出来上がり」

「なんか、スポンジケーキ作りに似てるね」

「だね。ちなみに海老の代わりにバナナを使うと、お菓子になるよ？」

家では、ホットケーキミックスの粉で作っていた。

でも、この衣は甘くないから、砂糖とかハチミツとかを後がけして食べたい。まぁ、一番合うのはチョコレートソースだよね。

シュゼル皇子に出す時は、口を滑らさぬ様に気をつけなきゃ。だって、さすがに忘れてくれているかもしれない。

そんな事を考えながら、莉奈が二人の皇子のためにバナナバージョンも作ろうと衣をもう一つのボウルに取り分けていたら、隣でせっせとバナナを輪切りにしている人がいた。

「早っ‼」

食べたい物に関しては、行動が早い。

莉奈は笑ってしまった。

期待しかない表情で輪切りのバナナをもらった莉奈は、海老のついでに揚げた。

だって、エギエディルス皇子が……いや、シュゼル皇子が喜ぶだろうからね。

カラッと揚がったバナナのフリッターには、チョコソースがないのでハチミツをかけてみた。

「海老にはマヨネーズが合う」

常備してあるマヨネーズを冷蔵庫から出してもらって、別添えにする。

タルタルソースが一番だけど、マヨネーズ好きはマヨネーズで試食だ。莉奈は今、塩気分なので塩にしたけど。

「海老、プリップリ」

莉奈は海老のフリッターに、思わず口が緩む。

揚げたては格別だよね。

衣はカリッふわ、海老はプリッである。

「海老のフリッター、美味しい！」

「メレンゲって、お菓子だけじゃないのね」

「海老はおかず、バナナだとお菓子だぞ⁉」

「同じ衣なのにこんなにも違うんだな。他の食材でやるとどうなるんだろう？」

「マンゴーがあるから、それでやってみようよ！」

料理人達は海老やバナナのフリッターを食べた後、他の食材も試すつもりの様である。

魚介類は失敗はないと思うけど、果物は選ばないと美味しくないと思う。まぁ、失敗しても莉奈が食べる訳じゃないからイイけど。

莉奈は試食を終えると「頑張ってね」と皆に言って、魔法省のタール長官の執務室へ向かったのであった。

◇◇◇

——バタン。

莉奈はノックをして、タール長官のいる執務室に入ろうとしたのだが、そこに予想外の人物の姿が見えて思わず扉を閉めてしまった。

相手に失礼どころか不敬過ぎる行動だが、もはや条件反射というヤツである。

閉めたら余計に開けづらくなるのだけど、もはやそんな事を考える暇もなく閉めてしまった。

逃げたところでさらに怪しまれるし、どうしようかと扉を背にして莉奈が考えていると、背後の扉がゆっくり開いた。

「リ〜ナ？」

ほのほのとしたシュゼル皇子がそこにいた。

笑顔って、皆を幸せにするモノだと誰が言い始めたんだろう？

シュゼル皇子の笑顔は、時に恐怖を感じるんですけど。

「申し訳ありません。いらっしゃると思わなかったので、つい？」

「つい？」

つい、何なのだとシュゼル皇子のにこやかで薄黒い笑顔が、莉奈の身体をさらに突き刺していた。

人の顔を見て〝つい〟逃げるとは、どういう理由があるのだと。

莉奈はチョコレートの事が頭を掠《かす》めた……とは言えず、愚策過ぎる言い訳を口にした。

「殿下のご尊顔が、あまりにも眩《まぶ》しかったので……」

ホホホのホと、口元を押さえて渾身《こんしん》の笑顔で答えてみれば、シュゼル皇子の手がふいに莉奈の頬を優しく包んだ。

「そうですか？　では、ゆっくりと堪能して下さい」

「ふぇ？」

まさかの返しに、莉奈は固まった。

目の前にシュゼル皇子の美貌《びぼう》があるのだから。

シュゼル皇子に言わせれば、莉奈の挙動など分かり易く可愛いモノだった。

侍女なら多々あるが、莉奈が自分に見惚《みと》れることはほとんどない。

なのにこう言うのだから、何か思うところがあるに違いないとシュゼル皇子は即座に感じ取って

いた。

だが、莉奈が自分に隠す企みや考えなど些細《ささい》な事が多い。だから、逆に揶揄《からか》ったのである。

そんな事など露知らず、シュゼル皇子から渾身の笑顔で返された莉奈は、今度は違う意味で心拍数が爆上がりであった。

香水とは違う、ふわりと擽《くすぐ》る甘美な香り。

耳に心地よい美声。

そして、甘い笑顔。

莉奈は腰が抜けそうな身体に、喝を入れてこう返した。

「お、お菓子、食べますか?」


——ぷっ。

シュゼル皇子の目が点になるのと同時くらいに、笑い声が聞こえた。

シュゼル皇子の背後で、タール長官が思わず吹き出したのだ。

第三者の視点から見たら、二人は見つめ合う恋人の様なのに「お菓子食べますか?」である。莉奈にしたら、一生懸命恥ずかしさを誤魔化すために考えて言った言葉なのだろうが、斜め上過ぎたのだ。

そんなタール長官に釣られるように、シュゼル皇子からも笑いが漏れたのであった。

彼が警備兵のアンナの部屋にいたのなら驚きでしかないが、ここは魔法省の長官室である。シュゼル皇子は宰相であり賢者と謳《うた》われる人物。そして、彼の住む場所はこの王城である。どこにいても不思議はなかった。

でも、不意打ちはドキリとするけどね？

そのシュゼル皇子は、今はバナナのフリッターに釘付《くぎづ》けである。

「バナナのフリッターですか」

「好みで、砂糖やハチミツをかけてお召し上がり下さい」

小さなシュガーポットとミルクピッチャーに入れてあるハチミツを、テーブルの上にコトリと置いた。

「練乳は？」

「ハチミツの方が合うかと思いますけど」

莉奈は苦笑いしながら魔法鞄《マジックバッグ》から、ミルクピッチャーに入った練乳を取り出した。

ならばと、ついでに生クリームも出しておく。

でも……莉奈の意見としては練乳は合わないと思う。

バナナの優しい甘さが、練乳のガツンとした甘さに負ける気がする。生クリームも揚げたてのバナナフリッターの熱でダレてしまうので、莉奈の好みではなかった。

「ぁ」

そんな事を考えていたら、生クリームより合うトッピングを思い出した。

「あ？　なんですか？」

シュゼル皇子の爽《さわ》やかな笑顔が、莉奈を照らした。

「アイスク――」

「下さい」

うん。絶対言うと思ったよ。

このアイスクリーム皇子が。

「揚げたてのバナナフリッターに、冷たいアイスクリーム……口の中で新鮮な出会いをしていますね」

シュゼル皇子はさっそく、バナナフリッターにアイスクリームを少しのせ頬張った。

アイスクリームが甘くて冷たいと思った直後に熱いバナナフリッター。

冷たいアイスクリームは口で溶ける速度が上がり、口の中でバナナと結び合う。サクふわのフリッターがアクセントとなって、不思議で楽しい食感だった。

「熱い物と冷たい物が口の中に……面白くて美味しい」

タール長官も口を綻《ほころ》ばせていた。

「デザートの後にとは思いますが……イカのフリッターもどうぞ」

シュゼル皇子がいなければイカから出したのだが、眼力というか圧力に負けたのだ。

順番は前後したが、本来の目的のイカ料理も出す事にする。

「『デビルフィッシュ』」

シュゼル皇子とタール長官の声が、綺麗《きれい》にハモった。

しかし、二人の顔は少し違う。シュゼル皇子はバナナフリッター程の笑顔ではなく、一方のタール長官は興味津々の表情だ。

ゲテモノ……珍味好きのタール長官はともかく、甘味にしか興味のないシュゼル皇子も皿に手を伸ばしていた。

料理人達の様に調理前の姿を見ていないおかげか、あるいはタコで免疫が付いたのかもしれない。

「甘い」

とシュゼル皇子の目が少しだけ、驚いた様に見開かれた。

イカがこんなにも甘いとは想像していなかったのだろう。

「タコより弾力はありませんが、だからこそ歯切れが良くて甘くて美味しいですね」

タール長官はバナナのフリッターより満足そうである。

「イカは生でも美味しいですよ？」

莉奈は次にイカの刺身をテーブルに置いた。

イカの刺身を前に、二人は一瞬時を止めていた。

この国では、魚介類をあまり生で食べない。それが王族や貴族なら尚更の事らしい。

生食で中《あた》る事もあるからだ。

魚はもちろん肉にしても、生食は毒の様に恐ろしいと避ける人も少なくないとか。

「生のタコと違って、生のイカは透明なんですね？」

だが、やはりタール長官は気にしない様である。

じっくりと見ていた。

「そうですね。透明であるのが、鮮度が高い証拠です」

時間が経つと白く濁ってくるのが、イカである。

肉や魚は腐りかけが美味しいなんて言う人もいるけど、イカの腐りかけなんてヤバそうだよね？

「そのままでも甘くて美味しいですけど、醤油《しょうゆ》とかホースラディッシュを付けて食べるのもオススメです」

莉奈は小皿を取り出すと、醤油と下ろしておいたホースラディッシュを出した。

生姜《しょうが》が一番なんだろうけど、ワサビに似てるしホースラディッシュでも違和感なく合う。

「ん！　タコとは違った不思議な食感。なんでしょうか、この説明し難い……生のイカも甘いなんて想像もしませんでした」

タール長官はイカの刺身が気に入ったのか、醤油を付けたりホースラディッシュを付けたりして味わっていた。

一方、シュゼル皇子は微妙な表情でイカを見ていた。

「刺身……えっと、生は苦手ですか？」

タコはからあげにして火を通したので、そこまで抵抗はなかったのだろう。

「抵抗がないと言えば嘘になりますね。ところで〝刺身〟とは？」

「え？　あぁ、魚介類に火を通さず、そのまま生で出す料理は〝刺身〟って言うんですよ」

「なるほど。刺身はリナの世界では普通なのですか？」

「え〜と、私の世界でと言うより、私の生まれた国がそういう食文化なんですよ。今は世界でも広がってますけど」

確かに今は寿司とか世界中で食べられるけど、当初は他国でも魚を生で食べるなんて、と抵抗があった様な気がする。

以前は魚介類を生でなんて、一部の国や地域限定だったからね。

シュゼル皇子は、イカの刺身を器用に箸《はし》で摘んでいた。

莉奈が良く箸を使うので、興味があったシュゼル皇子は使い方を教わると、すぐに習得したのだ。

「何故、細長く切るのでしょう？」

「……さぁ？」

食べ易いからと言いたいけど、食べ易くでいいなら一口大で全然いいハズ。

考えた事もないなと、莉奈は首を傾げていた。

切ると甘みが引き立つとか、食感が良いからとか耳にした事はあるけど、たぶん――。

「寄生虫を切り刻むためじゃないかな？」

莉奈はなんとなく答えに行き着き、ボソリと呟《つぶや》いた。

大抵の生き物には寄生虫がいる。それに漏れる事なく、イカにも寄生虫がいる。

莉奈も小さい時に、母が魚屋で買って来たイカの身の中でウネウネと蠢《うごめ》く〝寄生虫〟を見た事があった。

そうだ、思い出した。その時、父が言っていた気がする。

食感もそうだけど、目視だけで確認出来ない〝寄生虫〟を切り刻むために、細長く切るんだと。


――ブッ。

再びイカを口にしていたタール長官と、今まさに口にしたシュゼル皇子が仲良く吹き出していた。

「あれ？　聞こえました？」

それは切る時にちゃんと確認したから大丈夫ですよ？

「「……」」

二人は口にした物を今更吐き出すのもマナーが悪いからか、それとも莉奈に悪いと思っているのか、咀嚼《そしゃく》も忘れ固まっていた。

「大丈夫大丈夫。しっかり噛《か》めば、口にしてしまった寄生虫も死にますよ」

というか、ちゃんと確認したから大丈夫だけど。

莉奈は平然とした表情で、モグモグと食べ笑った。

「いや、ほの」

噛めばと言われても噛めないのか、タール長官が青褪《ざ》めていた。

シュゼル皇子は、考えたくもないのか固まって虚空を見ていた。

「あー‼　本当に大丈夫ですってば。いないのは確認して出しましたから！」

食中毒になる様な変な物は出さないからと、二人には強調しておく。

だって、そこはしっかりしておかないとね？

「やはり、ポーション……」

口直しか念の為にか知らないが、シュゼル皇子はポケットからポーションらしき物を取り出し、一気に飲んでいた。

ポーションって、寄生虫に効くのかな？

【駆虫薬】

中度の毒や、身体に侵食した寄生虫などを駆除する。


うっわぁ。

駆虫薬っていわゆる虫下しだよね？

莉奈はシュゼル皇子の手にしていた〝薬瓶〟を何気なく【鑑定】し、ドン引きしていた。

ポーションかと思っていたら、駆虫薬だった。

シュゼル皇子が躊躇《ためら》いもなく飲んだのだから、おそらくイカの寄生虫にも効くのだろう。

ポーションと呟いていたのは、もしかして……寄生虫の心配がない、安心安全なポーション生活に戻ろうと考えているのかもしれない。

このままでは〝ポーションドリンカー〟再びである。

「あ、でも、ポーションを作るマナの葉も葉である以上、微生物や虫が付いてるんじゃ」

でも莉奈は、シュゼル皇子がポーションドリンカーに戻るより、そっちが先に気になってしまい思わず呟いていた。

だって、葉は虫が付いていて当たり前だもん。

微生物は悪い物だけとは限らないけど、虫はイヤだよね。気分的にも。

「……」

何か思うところがあるのか、駆虫薬を口にしていたシュゼル皇子が再び固まっていた。

そこまで詳しく【鑑定】や【検索】で視ていないが、駆虫薬の材料にも葉とか使うのかもしれない。

でも、では〝水〟でとは言わないのだから、水にも寄生虫や微生物がいるのを知っているのだろう。

まぁ、ポーションを精製する水は魔法で作った水だし、魔法で作った水オンリー生活なら虫は気にならないよね。

栄養失調で倒れる未来しか見えないけど。

大体そんな細かい事を気にしていたら、生活なんて出来ないし。食べちゃった時は食べちゃった時でしょう。

「何か入っているかもしれませんが、口直しにアイスクリーム食べますか？」

どんよりしてしまったシュゼル皇子と、タール長官の前に苺《いちご》が入ったミルクアイスを出してみた。

これで気分が上がればいいけど。

「〝浄化〟」

二人は何も示し合わせた様子もないのに、息が合い過ぎるくらい同時に苺入りのアイスクリームに【浄化】魔法を掛けた。

「……」

え～、何この人達。

莉奈は呆然《ぼうぜん》というより、呆《あき》れていた。

莉奈が〝何か入っているかもしれない〟と揶揄《からか》う様に出したから、それに対する小さな抵抗なのだろう。

でも、それって大の大人がする事ですかね？

念には念をって事？

初めは呆れていた莉奈も、二人の子供みたいな抵抗になんだか笑ってしまった。もう、一周回って可笑しくなっていた。

「そこまでして食べて頂かなくても、結構ですよ」

莉奈が母親の様な目線で苦笑いしながら、アイスクリームのお皿を引っ込めたら。

「あぁぁ～」

と悲しい声を上げるのだから、さらに笑いしか出ない。

「〝これからも〟万全をもって料理を作らせて頂きますから、安心してお召し上がり下さいね？」

莉奈は二人の前に、アイスクリームの皿を戻すのであった。

ちなみに苺入りのアイスクリームは、浄化を掛けたおかげか知らないけど、二人共ご満悦な表情で食べていたよ。

食後にタール長官には、イカの塩辛も渡しておいた。

イカの内臓《わた》で和えた物だと説明したら、タール長官はキラリと瞳《ひとみ》が光り、シュゼル皇子はにこやかに拒絶した。

「私は魔物ではないので結構です」と。

なら、私は魔物ですか？　と莉奈の笑顔が固まった。

でも言われてみれば、人間って何でも食べるよね。雑食とは言うけれど、節操がないとも言う。

そりゃあ、食い尽くされて絶滅する生き物もいる訳だ。

やっぱり、魔物の天敵は人間だよ。

食べて食べて食べまくって、世界中の魔物を減らしたら良い。

美味しいし、魔物も駆除出来て良い事だらけだ。


〝皆で美味しく魔物を食べて、世界を救おう〟。


この世界のスローガンはコレじゃないかな？

王宮への帰り道で、莉奈がそう右手を掲げていたら――。

隣で一緒に歩いていたシュゼル皇子が、微妙な表情をしてこう言った。

「兄上とは違う意味で、魔物が逃げそうですね？」と。
失礼しちゃうよね？

第3章　小童、再び

「リ〜ナ〜。どこに行ってたんだよぉ」

「虫？　虫か⁉」

「魔物か？　魔物狩りか⁉」

莉奈《りな》が銀海宮《ぎんかいきゅう》の厨房《ちゅうぼう》に戻って来たら、皆がワイワイと話し掛けてきた。

目的を詳しく言わずに出て行ったのは確かだが、虫とか魔物とか一体何の話をしているのかな？

「何を言ってるの？」

莉奈は頭の中が、ハテナで埋まる。

「からあげの隠し調味料に虫を捕まえに行ってるって、侍女のサリーが言ってたから」

「あ〜、リナならって」

「「「ねぇ？」」」

「何がどう、『ねぇ』なのかな」

皆が複雑な表情で言うものだから、莉奈は呆れてそう返していた。

サリーは本当に碌《ろく》な事を言わない。

当人が面白ければ、他人はどうでもイイというタイプだからタチが悪い。

「だって、リナだから」

「あり得るかもって？」

「「ねぇ？」」

「……」

あまりの失礼な発言に、もはやぐうの音も出なかった莉奈。

普段、自分はどれだけ妙な行動をしているのだろうか？

信用以前の問題だ。一度頭突きをかましてから、話し合う必要がありそうだ。


「結局、どこへ行ってたんだ？」

皆の言い分に笑いながら、リック料理長が訊《き》いた。

やっとけと言われた鶏肉は、切れ目を入れて伸ばしておいたと言うものだから、バットに視線を移せば驚くぐらいに山積みになっていた。

他にも食べる物があるのに、食べきれるのかな？

まぁ、食べきれなくても魔法鞄《マジックバッグ》に保存出来るってスゴい強みだよね。

「黒狼宮《こくろうきゅう》だよ」

コレを貰《もら》いに行ったと説明しながら、莉奈は作業台に香辛料を並べた。

貰って来たのは、クローブ、シナモン、フェンネル、八角ことスターアニスの四種類だ。

「あぁ、こっちより豊富にあるもんな」

「鶏肉にまぶすのか？」

リック料理長とマテウス副料理長が、莉奈の作業を覗《のぞ》き見《み》に来た。

この間カレーを作ってから、ハーブだけでなく香辛料の使い方に興味を持ってくれた様である。

「う〜んと、まぶすというか揉《も》み込む？　漬け込む？」

作り方を思い浮かべ、簡単に説明する。

「黒狼宮から貰って来た香辛料、クローブ、シナモン、フェンネル、スターアニスの粉末と醤油《しょうゆ》、砂糖、ニンニク、ホースラディッシュ……で、皆が飲めないホーニン酒を混ぜた調味液に、鶏肉を一時間くらい漬け込むの」

「ホーニン酒ぅ」

莉奈が貴重なお酒を惜しげもなく使うので、嘆きの声がどこからか聞こえていた。

そんな嘆きを無視し、莉奈は棚から砂糖を出していた。

「あれ？　砂糖の在庫って増えたの？」

莉奈は平然と使っているが、この世界では安いドレスが買えるくらい高価な砂糖である。

デザートどころか、毎日食べるパンの材料にも使う。

だけど、いつ来ても空になる事はない。高価だけど入荷量とか増やしたのかな？　と今更ながら疑問に思ったのだ。

「パンの材料に欠かせないから、陛下が早々に予算を別に組んでくれたんだよ」

「だから、デザート用とは別に備蓄してある」

「意外と料理にも使うしな」

リック料理長とマテウス副料理長が莉奈の手伝いをしながら、説明してくれた。

高価ではあるが、必要経費として落としてくれている様だ。

「ん、そうだね。私の国の料理は醤油と砂糖とホーニン酒は良く使うね。それに、パンと同じで鶏肉にも砂糖を使うと柔らかくなるしね」

日本食でも煮物は大抵、砂糖を入れるし、豊富に使える王宮は本当にありがたい。

莉奈はしみじみと思っていた。

「え？　鶏肉が柔らかくなるのか？」

「そういえば、からあげを作った時に言ってたな」

「ですね」

料理人達が目を丸くさせている中、リック料理長とマテウス副料理長は莉奈が以前、サラッと言った事を覚えていた様だった。

「理由は良く分からないけど、なるよ？　だから、パサつく事の多いムネ肉なんかは、からあげを揚げる前に隠し味程度に使うと、柔らかくてジューシーに仕上がるよ？」

「そうか。高価だから余り使えないけど、ロックバードとか部位によっては硬いから、使うといいかもしれないな」

リック料理長は頷《うなず》き、何か他にも使えないかと考えている様だった。

「さて、鶏肉はこのまま一時間くらい漬け込んでおけばヨシ。その後、揚げたりするんだけど、まだ時間あるし……碧《へき》ちゃんのご飯でも作ろう」

厨房で皆の手伝いをしてもいいのだけど、碧空《へきくう》の君のご飯の予備がない。

エギエディルス皇子の小竜の分も作っておきたい。

莉奈は気合いを入れ直し、食料庫に向かうのであった。

◇◇◇

漬け込んでいる間、皆は餃子《ぎょうざ》作りに精を出し、莉奈は碧空の君やエギエディルス皇子の小竜のために、色々な果物を切っていた。

竜は人間と違い果物も皮ごと食べるから、皮に可愛い模様を付けてあげる。

面白いかなと思って、オレンジにハロウィーンのカボチャみたいな顔を彫っていたら、近くにいたマテウス副料理長が気持ち悪いと眉間《みけん》に皺《しわ》を寄せていた。

「え？　可愛くない？」

「どこが?」

「どこがって、このオバケの顔?　表情?」

「普通に気持ち悪いけど?」

「え~っ?」

可愛いと思っていたオバケのオレンジは、料理人達には不評だった。

怪しい笑顔が不気味だと、複雑な表情で見ていた。

「大体、なんで顔なんだよ」

「なんでって言われても……あれ?　この国には収穫祭とかないの?」

この世界に喚ばれてしばらく経つけど、祭り事なんて聞いた事がないなと気付いた。

日本みたいな祭りはなくても、ハロウィーンとか何か似たような祭りはないのかな?

「収穫祭?　いや、この辺はないな」

マテウス副料理長は祭りに詳しくないのか首を傾げ、それから懐かしそうに呟《つぶや》いた。

「王都の祭りといえば〝建国祭〟一択だしな」

それを聞いていた皆が作業をしながら、建国祭やこのヴァルタール皇国の事を話し始めた。

「あ~、だけど、その建国祭もここ数年は開催されてないな」

「皇国を王国に……なんて話が出ていたって噂だし、そうなったら建国記念日とかも変わるのかね」

「さぁな。ちなみにここだけの話、俺は〝王国〟賛成派」

「あ、マジで？　実は俺も賛成。親父は古いから、王国に変わるのには消極派。だけど俺的に、フェリクス陛下に代替わりして国がガラリと方針を変えたんだから、ここは皇国も王国に変えて一新するべきだと思う」

「分かる。だけど、思い切って王国にしちゃえって訳にはいかないんでしょうね」

「だろうな」

「でも、あの陛下なら……反対派なんて蹴散《けち》らせるんじゃないの？」

「バーカ。蹴散らして王国にしたら、それこそ前皇帝と同じじゃん。陛下は歴代の皇帝の築き上げた国？　制度をぶっ壊そうとしてんだから、そこはやり方を変えないと」

「私は、フェリクス陛下なら力尽くでやっても付いて行くけど……」

「「「だよねーーっ‼」」」

珍しくこの国の事の話をしていた皆に、莉奈は思わず聞き耳を立ててしまった。

人の口に戸は立てられないと言う割に、王城では御法度なのか噂話でもあまり聞かないからだ。

ラナ女官長も、あまり前皇帝の事は話さないし、莉奈も無理に聞かない様にしていた。

興味がない訳ではないけど、好奇心だけでは聞きづらい内容である。

「あ、リナ。今の話、陛下達には内緒な？」

莉奈がいる事に気付いた皆は、慌てて莉奈に口止めしていた。

側《はた》から見たら王族と仲睦《なかむつ》まじく見える莉奈に、余計な話を聞かれてしまったと思ったらしい。

「言わないよ」

莉奈は苦笑いしていた。

言ったところで、フェリクス王達は処分も厳重注意もしてこない気がするけど。

「ちなみに皆、陛下の事好き？」

莉奈の口を介してフェリクス王に知られる可能性を考慮して、本心など言わないと思うが、つい訊いてしまった。

「は？」

「いやいやいや」

「好きって……そんなおこがましい」

「敬服してるよ」

莉奈がそう訊いた瞬間、皆は少し戸惑った様な困った様な雰囲気で笑っていた。

もちろん嫌いではないが、彼に対して好きとか嫌いとか、そういう事を簡単に考えたり言葉にしたり出来ない。

次元が違うのだと、複雑そうな表情をしていた。

ただ、皆は好きとか嫌いとか、そういう表現では言えないが、これだけはハッキリ言えると莉奈に言った。

「皇帝時代は〝暗闇〟しかなかったけど、陛下が王になってから──」

「『国に未来《ひかり》が見えたんだ』」

そう言って笑った皆の表情は、実に誇らしげだった。

皆にとって、フェリクス王達はこのヴァルタール皇国の希望であり、光り輝く未来の様である。

◇◇◇

皆と話をしていると、一時間なんてあっという間だった。

碧空の君とエギエディルス皇子の小竜のご飯も、話しながらたくさん作れた。これで、しばらくは作らなくても大丈夫だろう。

「相変わらず、何か作っとるのか。小童《こわっぱ》」

香辛料に漬け込んでいた鶏肉も、そろそろイイかな？　と思っていたところで、カウンター越しにどこかで聞いた様な声が聞こえた。

「こわっぱ」

この世界で莉奈の事を〝小童〟と呼ぶのは、後にも先にもこの人だけだろう。

莉奈は声のする方向にいた爺《じい》さんと目が合い、思わず笑ってしまった。

彼の口の悪さがこんなにも懐かしいと思うなんて。

「バーツさん。久しぶりですね。あ！　顎《あご》にゴミが付いてますよ？」

莉奈は笑いながら、バーツの顎をチラッと見た。

「あ？　顎？」

バーツはゴミなんか付いていたのかと、顎を撫《な》でていた。

——が、いくら撫でてもゴミが分からないのか何度も弄っている。

アハハ、探したところである訳がない。だって、バーツの顎にゴミなんて付いていないのだ。ただの仕返しだもん。

「アンディさんもお久しぶりです」

「誰がアンディよ」

隣にいたアーシェスとも目が合い、莉奈が会釈をすればアーシェスは相変わらず、鋭いツッコミを返して来た。

彼等は、以前包丁を造ってくれたお姉様なアーシェスと、その師匠バーツである。

二人揃《そろ》って何しに来たのだろうか？

「師匠。いつまで触ってるのよ。顎にゴミなんて付いてないわよ」

いつまでも顎を気にしているバーツに、アーシェスは苦笑いしていた。

莉奈が揶揄《からか》ったのを分かっていたのである。

「なっ⁉」

バーツはガバッと顔を上げ、莉奈を睨《にら》んだ。

やっと騙《だま》されたと気付いた様である。

「レディに対して、小童なんておっしゃるからですよ」

フェリクス王で慣れている莉奈に、そんなジジイの睨みなんて全く効かない。

手で口元を隠してオホホと笑って返していた。

「お前をレディなんて言ったら、世のレディに失礼だろうが」

その笑い方が気持ち悪いと、バーツは鼻で笑っていた。

確かに、莉奈がレディなら世も末だ……と厨房《ちゅうぼう》では何故か賛同している料理人の姿もある。

だが、莉奈はさらに胡散臭《うさんくさ》い笑みを浮かべた。

「まぁ、失礼な。ところでお爺様はこちらには一体何をしに？」

「〝お爺様〟だぁぁ〜っ⁉　やめんか、気色悪い」

「あら、なんてお下品な。バーツお爺様、言葉遣いもお顔同様に汚いですわよ？」

「ぶっ。上品に貶《けな》しとるんじゃねぇ！」

莉奈の言葉遣いと態度に、バーツはそれでこそ莉奈だと笑うのであった。

「納品か何かで来たんですか？」

カウンター越しではなんなので、食堂に行った莉奈。

この間来た時は、魔法を注ぐと魔石になる空石《カラセキ》を持って来た様な気がする。

王城では魔石を多く使用するから、また補充かなと莉奈は思った。

「まぁ、それもある……が、コレをやるから飯を食わせろ」

そう言ってバーツは、テーブルの上にペンケースより少し大きな木箱を二つ程、魔法鞄《マジックバッグ》から取り出した。

「飯」

王宮《うち》は飯屋じゃねぇぞ？　とフェリクス王の言葉が頭を掠《かす》めた。

確かに食事をしに王城に来るなんて、何様だっていう話である。

アーシェスが苦笑いしている中、莉奈はバーツが取り出した木箱を開けて見た。

「包丁だ」

取り出して見てみれば、一つは片方だけに刃の付いた片刃の包丁。もう一つは使い勝手が良さそうなペティナイフだった。

ペティナイフには、柄だけでなく刃の部分にも綺麗《きれい》な飾りが彫ってある。

こっちはアーシェスが造ってくれたらしい。何コレ、お洒落《しゃれ》過ぎる。

莉奈があの時、片刃でないと言ったのがバーツの職人魂に火を付けたのか、本当に飯目当てなのか……あるいは両方なのか。

莉奈のあの言葉でバーツが片刃の包丁を造って持って来てくれたのだけは確かな様だ。

理由は何にせよ、新しい包丁が貰《もら》えるのは素直に嬉《うれ》しい。

「くれるんですか？」

「飯による」

バーツはニカッと笑って莉奈を見た。

飯によるなんて言ってはいるが、それは表向きだけだろう。素直じゃないわねとアーシェスが笑っているのだから。

「ありがとうございます。なら、この後予定がなければ、夕食時までいたらどうですか？　今夜はハイボール祭りですよ？」

お礼を伝えつつ二人を今夜の夕食に誘うと、莉奈はいそいそと包丁とペティナイフを魔法鞄《マジックバッグ》にしまった。

今夜は色々な料理とお酒が出る日だ。酒好きは勿論《もちろん》、そうでない人も絶対に楽しめるだろう。

「〝ハイボール祭り〟？」」

「ウイスキーを炭酸水で割ったカクテルと、お酒に合う料理が出る日？」

莉奈が簡単に今夜出る料理やお酒を説明したら、バーツとアーシェスの表情が誰にでも分かるくらいに輝いていた。

「なんだって⁉　ちょうどイイ日に来たじゃねぇか‼」

「ハイボール祭り、いいわね‼」

二人のテンションは爆上がりで、夕食まで残る気満々の様である。

スゴいタイミングで来たものだ。

「リナ‼　今夜は寝かせねぇぞ？」

「寝かせろよ」

バーツはお酒を飲んでもないのに、もう出来上がっている気がする。

莉奈はもう笑うしかない。

「あ、そうだ。ホーニン酒ってまだありますか？」

日本食を作るのに良く使うから、できればまた貰いたいなと莉奈は訊《き》いてみた。

「「……っ‼」」

莉奈が訊いたのに、厨房では何故か色めき立っていた。

莉奈の言葉によって、希少な酒〝ホーニン酒〟を手に入れるルートを持つのが、バーツだった事に気が付いたのだろう。

「タダではやらんぞ？」

「では、まずホーニン酒に合う〝イカの塩辛〟なんていかがでしょう？」

イカの塩辛には絶対、ホーニン酒だ。

魚介類は特に、米のお酒が合うと思う。勿論白ワインもアリだけど、それはあくまで妥協案だと何かで読んだ覚えがある。

「『デビルフィッシュ』」

莉奈の出したイカの塩辛に、二人は仲良く眉間《みけん》に皺《しわ》をよせた。

「白いのはイカだとして、この赤茶っぽいのは何だ？」

「イカの内臓《わた》ですよ」

「『……』」

莉奈が簡単に説明したら、二人はイカの塩辛を見たまま固まった。

内臓と聞くと、皆この表情である。

そんなに内臓はダメですかね？


「イカの塩辛はダメですか？　なら、イカのフリッター。イカの刺し身、タコのからあげはどうでしょう？」

まさに、デビルフィッシュ尽くしである。

タコがまだあればアヒージョが作れたけど、酒呑《さけの》み達が全部からあげにして食べてしまったから、莉奈が取っておいたタコは今はからあげしかない。

「え？　デビルフィッシュしかないの？」

アーシェスがテーブルに載ったデビルフィッシュ尽くしを見て、瞠目《どうもく》していた。

そして徐々に、以前食べたような美味しい料理が並ぶと思っていたのにと、ガッカリした表情に変わった。

「他の料理もありますよ。徐々にお出ししますので、タコもイカもダメでしたら、とりあえずバナナのフリッターにアイスクリームをつけてどうぞ？」

「バナナのフリッター？　アイスクリーム？」

とりあえずさっき作った物を出せば、アーシェスはデビルフィッシュより、後から出したバナナのフリッターとミルクアイスの方に目が釘付《くぎづ》けであった。

「バーツさん。からあげを――」

揚げてくるからと莉奈が言おうとしたら、バーツはあれ程怪訝《けげん》な表情で見ていたイカの塩辛を、フォークで少しだけ摘んで口にしていた。

「かぁーーっ！　デビルフィッシュなんて言うからどうかと思ったが、このイカのコッテリとした内臓《わた》が、ホーニン酒と混ざるとイイ具合に口でまろやかになりやがって‼　堪んねぇなコンチキショウが」

莉奈がホーニン酒と合うと言ったものだから、持参していたホーニン酒で早くも一人宴会を開催していた。

イカの塩辛は内臓を使うから、新鮮でも独特の生臭さがある。

ワインやウイスキーなど、他の酒では生臭さを引き立ててしまうところだが、米から造ったお酒はそれを包んでまろやかにするのである。

米の酒と塩辛。この二つが合わさって初めて、旨味として風味が口いっぱいに広がるのだ。バーツは初めて味わう独特な風味に、感動していたのである。

これはカツオとか他の魚の内臓で作る〝酒盗《しゅとう》〟も大丈夫そうだなと、莉奈は笑っていた。

「「「ホーニン酒‼」」」

カウンター越しに見ていた料理人達からは、どよめきが起きている。

手に入らないと泣いていたホーニン酒が、今目の前にあるのだ。騒がない訳がなかった。

「蒸したジャガイモにのせて、少しバターをつけても美味しいですよ？」

これは堪らんとイカの塩辛を楽しんでいるバーツに、莉奈は蒸したジャガイモとバターを小皿で出してあげた。

イカの塩辛の塩気が、ジャガイモと良く合うんだよね。

「蒸したジャガイモか！」

水を得た魚の様に、バーツの瞳《ひとみ》がキラキラとしている。

イイぞイイぞと、バーツは上機嫌で莉奈の知らない唄《うた》まで歌い始めていた。

飲み過ぎなきゃいいけど、この調子では絶対に無理だろう。

「師匠、あんまり飲み過ぎると転移《テレポート》する時にまた吐くわよ？」

「そん時ゃあ、そん時だ！」

アーシェスが困った様に言えば、バーツはそんなことは知らん忘れたとばかりに再びホーニン酒を口にしていた。

どうやら酔った状態で転移《テレポート》・転送されると、さらに悪酔いするみたいである。

それもそうだ。絶叫マシンも酒を飲んで乗るモノじゃないしね。

「あれ？　アーシェスさん達もゲオルグ師団長の所から来てるんですか？」

確かフェリクス王に連れられて王都へ向かう時、転移《テレポート》の先はゲオルグ師団長の所だった。

アーシェス達もそうなのかなと、莉奈はフと疑問に思ったのだ。

「ゲオルグ？　あぁ、ガーネット侯爵の？　まさか、違うわよ。私達はギルド組合の本部からよ」

アーシェスは笑って否定した。

ゲオルグ師団長の実家にある転移の間は、王族以外はほとんど使わない……というか、使えないそうだ。

アーシェス達は、冒険者ギルド組合の本部にある転移の間を、許可を得て利用させてもらっているとの事だった。

詳しくは教えてもらえなかったが、他にも設置された場所が色々あるらしい。

「言っとくけど、いくら許可を得たからって、王城内部になんて直接転移《テレポート》されないわよ？」

莉奈の態度で勘違いしていると感じたアーシェスは、自分達が転移《テレポート》されるのは王城の外だと笑って教えてくれた。

「え？」

「一般人は基本的に表門の入り口付近に転移《テレポート》されるのよ。そこで身元がハッキリしてから、王城に入門出来るのよ。私達は、貴女みたいにホイホイ王城内に転移《テレポート》出来ないの」

「あぁ、そうなんだ」

全然知らなかったと、莉奈は今更ながらに納得していた。

それもそうである。莉奈みたいにアチコチから転移《テレポート》出来たら、セキュリティなんて全く意味がない。

通常は転移の間や門で、嫌って程に身元調査される様である。

「ん？　なら正面の門から、徒歩ですか？」

「そこはさすがに、空気を読んでくれてるわよ」

表門、正門から王宮へは、やたらと広い庭を通ってやっと着く。徒歩なら二、三十分は掛かるだろう。

馬車か馬が欲しいところである。

身元さえハッキリ分かれば、今度はそこから王宮へ転送されるらしい。

「んんっ！　アイスクリームって甘い氷菓子なのね。舌触りがとてもクリーミー」

話しながらアイスクリームを口にしたアーシェスが、歓喜の声を上げていた。

「バナナの優しい甘さがまたイイわね」

今のところ、デビルフィッシュことイカには見向きもせず、アイスクリームに夢中になっている。

莉奈は対照的な二人だなと笑い、厨房《ちゅうぼう》に調理しに向かうのであった。


「リナ、リナ、あの爺《じい》さんがホーニン酒だよな？」

「ホーニン酒の爺さん」

バーツさんがホーニン酒って何かな？

興奮し過ぎて言葉がオカシイよ、皆さん。

「そうだよ」

莉奈は可笑しくて笑ってしまった。

言いたい事は分かるけど、少し落ち着いて欲しい。

「ちょっと俺、ホーニン酒を売ってくれるか交渉して来ていいかな？」

気分次第ではすぐ帰るかもしれないバーツを見ながら、料理人の一人が誰に言うでもなく許可を貰おうとしていた。

タダな訳はないから、売ってくれないかと個人的に頼んでみようと試みたのである。

「行って来い！」

「いや、行って来てくれ」

「私達の分も頼んだわよ！」

初めに挙手をした料理人が、いつの間にか皆の代表者の様な形になり、意気込んでバーツの下へ向かって行こうとしていた。

「手ぶらはヤメた方がいいと思うけどな」

気合いを入れて行こうとしている数人を見て、莉奈は作業に取り掛かりながら呟《つぶや》いた。

バーツの性格からして、金で交渉してもくれると思えない。

「「「え？」」」

「せっかく、ここにバーツさんの好きなお酒やツマミがあるんだから、ハイボールと焼き立ての餃子《ぎょうざ》をチラつかせた方がいいと思う」

「「「確かに‼」」」

莉奈に言われて気付いた料理人達は、餃子を作っている仲間を見た。

初めての料理に苦戦しながらも、包み終わった餃子がある。それを焼いてハイボールを添えれば、酒呑みの第一印象としてはバッチリなハズ。

「箸休《はしやす》めに塩キュウリも持って行こう」

「他のカクテルも用意しとこうよ！」

「だな！」

バーツのご機嫌取りに、皆はバタバタとし始めていた。

だけど、ホーニン酒が手に入るかもと楽しそうだ。

「よいこらしょ」

そんな皆を見ていた莉奈は気合いを入れ直し、新作のからあげの準備に取り掛かる事にした。

棚から片栗粉とコーンスターチを取り出し、それを同量で混ぜバットに広げておく。

これから作るからあげの衣には片栗粉だけではなく、コーンスターチもプラスするのだ。

「ん？　リナ、それ」

「片栗粉とコーンスターチ」

莉奈がバットに用意していると、リック料理長が何の粉か訊《き》いてきた。

コーンスターチかと、リック料理長達が頷《うなず》く横で莉奈はニコリと笑った。

「鶏肉は〝白い粉〟を付けて揚げると美味しいよね？」

「「「白い粉」」」

確かにそうだけど、その言い方はどうかと思う。

皆は楽しそうに準備する莉奈を見て苦笑する。

「香辛料に漬け込んでいた鶏肉は卵液にくぐらせた後、白い粉をたっぷりとつける。後は余分な粉ははたいて、からあげ同様に揚げるだけ」

もちろん、事前に叩《たた》いて伸ばしたおかげで鶏肉が薄いから、たっぷりの油で揚げるのではなく、揚げ焼きでも構わない。

王宮は量が多いぶん揚げる方が楽だと思うから、揚げるけど。

「油で揚げる匂いって、空腹時には堪んないよね」

「あ～、油で泳ぐ鶏肉の姿が堪らない」

「そして、揚がってくるパチパチとした音が堪らない」

「「堪らな～い」」

料理人達は莉奈が揚げているのを、ウットリしている様な眼差しで見つめていた。

その視線に気付いた莉奈は、からあげって皆を魅了する力があるなと、改めて思った。


——チリチリ。

鶏肉が揚がった合図の音がする。

香ばしい匂い、カラッと揚がった衣、チリチリと心地よい音が、目や鼻、耳と全身を魅了する。

衣が落ち着くまで少しだけ待ち、揚がったからあげを切り分けると、いつものからあげと違ってザクザクと音がした。

——ゴクリ。

その魅惑的な匂いと姿に、皆の喉《のど》が自然と動く。

「仕上げに黒胡椒《くろこしょう》をガリガリとたっぷりと削って、〝ジーパイ〟の出来上がり！」

薄くした鶏肉に、スパイシーな衣。

莉奈が作っていたのは台湾からあげのジーパイであった。

日本のからあげとは、風味が全然違う。スパイシーだからお酒に絶対合う料理だ。

「「「ジーパイ？」」」

「そうジーパイ。これは、からあげはからあげだけど、違う名前が付いているんだよ。本来なら八角《スターアニス》、花椒《ホアジヤオ》、シナモン、カルダモン、陳皮《ちんぴ》の五種の香辛料、〝五香粉〟を使うんだけど、ないから少し代用してみた」

莉奈が指折り数えながら皆に説明したら、皆は彼女の豊富な知識に改めて感服していた。

莉奈はサラッと〝代用した〟なんて口にしたが、代用は意外に難しいからである。

何故なら基本の味やレシピは勿論《もちろん》、代用するための食材や調味料、それらを活かせる確かな知識と味覚がないと全く出来ないからだ。

料理人達は、自分達が莉奈と同じ事をやっても相当な時間と労力が掛かるだろうなと、感嘆していた。


料理を作る料理人にとって、莉奈の存在は神のようだった。

「あーっ！」

そんな皆の神を見る様な視線をよそに、莉奈は何かに気付いて叫び声を上げていた。

「そうだよ。陳皮って、みかんの皮の事じゃん‼」

莉奈は説明していて急に思い出し、黒狼宮にあったかどうかは分からないものの、一人どこかスッキリした気分になっていたのであった。


「んん〜っ‼　複雑な味がする」

「シナモンが入っているけど、あの独特な香りがしないわね。シナモンが好きじゃないから良かったわ」

「ジーパイだっけ、ピリッとして旨い！」

「確かに美味しいけど、からあげ程ジューシーではないな。叩いたせいか」

「でも、コレ絶対酒に合いそうだな」

「「「だよね〜‼」」」

作り終われば、早速試食と相成った。

香辛料をたっぷりと使用したから独特な風味があるが、皆にも概ね好評の様である。

鶏肉を叩いて伸ばしたせいか、塩からあげ程肉汁がないのは致し方ない。

それに香辛料が得意ではない人もいるし、食の好みは人それぞれだから、全員が好きという料理は難しいよね。

ひとまずは気に入ってもらえてよかったと安心する莉奈だった。

「かーっ！　ハイボールと餃子は堪らんなぁ」

「お酒を炭酸水で割るなんて、ものスゴいアイデアよねぇ。エールと違ったこの喉越しが堪らないわぁ」

バーツとアーシェスがほんのり頬を赤く染め、ひと足早いハイボール祭りを堪能していた。

ホーニン酒を貰《もら》えた料理人達も、上機嫌で二人に接客している。

そこだけ居酒屋の様である。

「バーツさん、アーシェスさん。揚げたてホヤホヤ、新作のからあげ〝ジーパイ〟を持って来ましたよ」

莉奈もバーツからホーニン酒を貰いたいなと、ジーパイを出しながら念押ししておく。

だって、酔って忘れられては悲し過ぎる。

「ん？　変わった匂いだな」

バーツは揚げたてのジーパイを見て、ふわりと香る匂いに眉根《まゆね》を寄せた。

「香辛料をたっぷり使ったからあげなんですよ。黒胡椒もたっぷり掛かっているので少しピリッとします」

「へぇ。面白ぇなこりゃあ」

バーツは早速とばかりに、ジーパイを口にした。

——ザクザク。

バーツの口から、小気味良い音が響いた。

からあげの衣はカリッとしているのだが、このジーパイはザクッとしているのが特徴だ。

竜田揚げとはまた違った衣の食感が、楽しい一品である。

「かーっ！　ピリッとしてザクッとして、このからあげはハイボールと良く合いやがる。リナ、ハイボールのおかわりだ‼」

「はいはい」

気に入ってくれたのは良い事だけど、お酒の減る量が半端ない。

テーブルの上には、空になったグラスがいくつも転がっていた。

莉奈はそれを片付けながら、アーシェスと目が合い苦笑いしてしまった。どうやら彼もそう思っていたみたいだ。

「ホーニン酒のソーダ割りも美味しいですよ？」

莉奈は残り少なくなったホーニン酒を、同量の炭酸水で割って二人に出した。

日本酒は炭酸水で割ると薄く感じ易いから、1：1で割るのがセオリーだと父が言っていた。

日本酒でも特に純米大吟醸が炭酸水に合うようで、炭酸水割り専用の純米大吟醸〝サマーゴッデス〟なる物が日本のどこかにあるらしい。

父はまだお目にかかれていないと、日本酒を口にしていた時に漏らしていた。

「ホーニン酒のソーダ割りか‼」

「そこにレモンやライムを少し入れると――」

「風味がガラリと変わって旨ぇな、コンチキショウ‼」

話を聞いてくれるかな？　バーツさん。

莉奈が説明している途中で、からあげに添えてあったレモンを勝手に搾って入れて飲んでいた。

「バケツ持って来れば良かったわ」

アーシェスが呆《あき》れを通り越して、ため息を吐《つ》いていた。

帰りに移動で吐くパターンだと、酒を浴びる様に飲むバーツを見て嘆いていた。

ちなみに、日本酒にライムを添えたのは〝サムライ・ロック〟という簡単なカクテルだ。

「あら。ホーニン酒だけだとキツいけど、炭酸水とライムを入れると爽《さわ》やかになって飲みやすいわね」

アーシェスはバーツと違い、お酒とツマミをしっかりと味わっている様だ。

「お酒も料理も色んな飲み方や食べ方があって……リナ、ここを追い出される様な事があったら、どこかで店でも出しなさいよ。私が出資してあげるから」

ホロ酔いになったアーシェスが、莉奈にそんな事を勧めていた。

確かに王宮を追い出されたら、どこかで店をやるのもアリである。

だが、フェリクス王に追い出されたら、この国での出店は難しいだろう。

――というか、酔った状態でそんなあやふやな約束はヤメて欲しい。

あの時言ったよね？　なんて言っても、まさに記憶にございませんという話ではなかろうか。

冗談か本気かも分からないのに、真面目に書面に残してくれとも言えないし、莉奈もため息と苦笑いが漏れたのであった。

第4章　ワタ和えと腸和《ハラワタ》えでは気分が違う

「イカの腸《はらわた》」

エドくん。内臓をハラワタとか言うのヤメてもらってイイかな？

途端に自分がゾンビか魔物の様に思えるから。

バーツとアーシェスの宴会はまだまだ続くだろうと思った莉奈《りな》は、夕食の時間になったので一応断りを入れて王族の食堂に来ていた。

そして、先にイカ尽くしを出したら、エギエディルス皇子が何だと見た後、徐々にお爺《じい》ちゃんみたいに顔を顰《しか》めたのだ。

一度見ていたシュゼル皇子は良い笑顔のまま完全に拒否の姿勢を見せたので、イカの塩辛もイカ尽くしも出していない。

「生のイカをイカの腸《はらわた》で和えたのか」

「そうです。陛下の方はホーニン酒を隠し味程度に混ぜております」

フェリクス王もハラワタとか言うし。

そこは濁して〝ワタ〟と言って欲しいなと、莉奈は思った。

すぐ近くで控えていた執事長イベールは、生のイカと内臓だと聞いて珍しく眉間《みけん》がピクリと動いていた。

どうやら、イベールもイカの塩辛はダメの様だ。

「イベールさんにも後で――」

「結構です」

「少しくらい」

「結構」

莉奈が二度勧めてみれば、無表情だが食い気味に拒否してきた。

なので、壁の隅で控えているラナ女官長達を見たら、返事の代わりに目を逸らされた。

あらま。イカの塩辛、大不評ですな。

「塩辛にはホーニン酒が良く合いますので、ライムを添えたホーニン酒〝サムライ・ロック〟をどうぞ」

いつまでも手を伸ばさないフェリクス王に、莉奈はスッとホーニン酒とイカの塩辛を勧めた。

サムライ・ロックは自分好みにライムを搾って入れてもらう様に、グラスの縁に刺してある。

「食わねぇ選択肢はねぇのかよ」

いつになく強く勧める莉奈に、フェリクス王は怒る素振りもなく笑っていた。

「口に合わないのでしたら、仕方ありませんが」

別に無理して食べてもらわなくとも構わないと、莉奈は一応言っておく。

だって、食事は楽しく美味しくがモットーだからね。

そう言ったら、フェリクス王は莉奈の影響で使う様になった箸《はし》で、イカの塩辛を器用に摘んだ。

「マジか」

兄が食べるつもりだと分かり、エギエディルス皇子が化け物でも見るかの様な表情をしていた。

エギエディルス皇子は見たくもないのか、早々に視界に入らない位置に寄せていたけど。

「……っ！」

フェリクス王は一口イカの塩辛を口にし一瞬瞠目《どうもく》した後、サムライ・ロックを口にし味わっていた。

「なるほど、イカの塩辛にはホーニン酒だな」

そう言って口を綻《ほころ》ばせたところを見ると、バーツ同様フェリクス王もイカの塩辛は大丈夫の様だ。

エギエディルス皇子はその言葉を聞いても、兄王をいつになく胡散臭《うさんくさ》げに見ているけどね。

フェリクス王がもう一口口にすると、シュゼル皇子がほのほのと楽しそうにこう言った。

「兄上。イカには寄生虫がいるかもしれませんので、お気をつけ下さいね？」と。

口にしたタイミングで言う辺り、意地が悪い。

先程意図せず莉奈にされた事がモヤッとしていて、兄王で鬱憤《うっぷん》を晴らしたのかもしれない。

ラナ女官長達やイベールが、その瞬間に一歩下がった。寄生虫だけに反応した訳ではない。

事と次第では長弟と喧嘩《けんか》か、あるいはコレを出した莉奈に叱責があるかもと想定したからである。

だが、フェリクス王は口の中のモノを吐き出す代わりに、何故か不敵な笑みを浮かべていた。

「お前、それで俺が怯《ひる》むとでも思っているのか？」

「いいえ？　イカには寄生虫がおりますので、念には念をと注意を促しただけですよ？」

「ほぉ？　わざわざ、コレを口にしたタイミングで？」

「たまたまですよ？」

ニコリと微笑むシュゼル皇子を見ていると、やはりワザと口にした瞬間を狙って言った気がする。

だが、フェリクス王は寄生虫の話を聞いてもなお、シュゼル皇子の様に固まらず、イカの塩辛とサムライ・ロックを嗜《たしな》んでいた。

一向に動じない王。

動揺すると思っていたのに肩透かしを食らった宰相。

寄生虫と聞いて、ますますイカを退ける末っ子皇子。

奇妙な攻防が繰り広げられていた。

……が、出来れば自分のいないところでやって頂きたいと思うのは、莉奈だけであろうか？

「生き物には大抵、寄生虫がいるから別に気にしねぇ。俺はお前と違って〝温室育ち〟の皇子様じゃねぇしな？」

自分を揶揄《からか》った長弟に嫌味を一つ返すと、フェリクス王はイカの塩辛を食べられないシュゼル皇子に見せつける様に嗜んでいた。

「〃温室育ち〃」

その言葉に引っかかったのは何故かエギエディルス皇子だった。

次兄シュゼル皇子に言った言葉なのだが、まるで自分が言われたみたいな気がしたのだ。

しかし、言われたシュゼル皇子も珍しく、兄王の刺のある言い方にピクリと反応を見せていた。

温室育ちと言われ、何か思うところがあるらしい。

シュゼル皇子が何か反論するような素振りを見せたその時――。

変なところで強靭《きょうじん》な精神《メンタル》を持つ莉奈が、首を傾げてポソリと呟《つぶや》いた。

「シュゼル殿下が〃温室育ち〃なら、陛下は冷蔵庫……いや、野生？」


――カン‼

「いったぁーーっい‼」

途端に莉奈の額に、ティースプーンが飛んで来た。

まさに口は災いの元である。

「「……野生」」

——カン‼　カン‼

「いってぇーーっ‼」

「いったぁっ」

弟二人も思わず吹き出してしまい、莉奈同様にティースプーンが額に飛んで来たのは言うまでもなかった。

莉奈は何故、一言二言余計な事を言うのだろうか？

王族の食堂の隅で控えている侍女達からは、思わず失笑が漏れていた。だが、莉奈のおかげで一瞬張り詰めた空気が、和らいだのも確かである。

王族達の揶揄い合いも莉奈の想像がつかない言動も、同じ様に心臓に悪いと、侍女達は鎮まらない胸をこっそり押さえたのであった。

侍女達がそんな思いをしている事など露知らず、莉奈は激痛と戦っていた。

指で弾いただけのスプーンが、彼の手にかかれば凶器である。

フェリクス王には何を持たせても武器になりそうだと思いつつ、莉奈はズキズキする額を押さえながら気を取り直して魔法鞄《マジックバッグ》から次の料理を取り出した。

額が割れたらどうするんだと、文句の一つでも言い返したいところだが、それでは今度はイベールから終わらない説教を喰らうハメになる。

莉奈は、文句をグッと堪えていた。

「右が〝餃子《ぎょうざ》〟で、左が新作のからあげ、〝ジーパイ〟です」

イカ料理はとりあえず出しただけだ。メインはこちらである。

エギエディルス皇子はイカの塩辛をイベールに下げさせ、こちらの二つの料理に瞳《ひとみ》を輝かせた。

「餃子は小麦粉で作った生地でボア……なんとかの肉を包んで焼いた物で、ジーパイはシナモンやスターアニスなどの香辛料を効かせて、カラリと揚げた鶏のからあげです。胡椒《こしょう》をたっぷりかけてお召し上がり下さい」

「ボア・ランナーだろ。からあげは辛いのか？」

「胡椒をかけなければ、そんなに辛くないよ。餃子に添えて出した赤い油は、ラー油と言って唐辛子から作った調味料だから辛い」

「分かった‼」

いつも通りに簡単な料理の説明と食べ方を言えば、エギエディルス皇子は早速ジーパイに手を伸ばしていた。

その間に、フェリクス王にはハイボールを、二人の皇子にはレモンソーダをイベールが出している。

「んんっ⁉　衣がザクザクッ‼」

エギエディルス皇子が嬉《うれ》しそうに顔を綻ばせた。

鼻に抜ける独特な香辛料の香りと、ザクザクッとした衣を堪能できるからあげがジーパイであろう。

叩《たた》きに叩きまくって平たくしたから若干ジューシーさには欠けるが、からあげ好きの彼には堪らない様である。

「ジーパイにはレモンソーダが合うな」

エギエディルス皇子はジーパイを口にした後、レモンソーダをゴクリと飲んでいた。

油物や味が濃い物は、つい飲み物が欲しくなる。特に炭酸飲料水が飲みたくなるのは何故だろう？

シュワシュワとした良い刺激が、口をサッパリさせる気がする。だから、次々と料理に手が伸びてしまうのかも。炭酸水もちょっとした魔法薬の様だよね。

「……っ‼」

次は餃子だとばかりに、豪快に一口でいったエギエディルス皇子は、中にある熱々の肉汁が口の中で溢《あふ》れ涙目になっていた。

ん〜ん〜言いながら、慌てた様子でレモンソーダをゴクゴクと飲んでいる。

言うのを忘れていたが、小籠包程ではなくとも餃子も熱々の肉汁が入っている。少し冷まさないと、一口でいったら、口の中が火の池地獄である。

「旨いな」

そんな末弟の様子を見て笑っていたフェリクス王も、餃子を一口頬張ると口を綻ばせ小さな声で呟いた。

香ばしくパリッとした羽根と手作りならではのモチモチの皮。旨味のたっぷり入った餃子餡《ぎょうざあん》。口いっぱいに美味しいエキスが広がる。

少し熱くなった口にハイボールを流し込めば、途端に口の中が冷え、つい次の餃子に手が伸びてしまう。

「胡椒をたっぷり入れたお酢で召し上がると、サッパリして美味しいですよ？」

家でやっていたやり方をフェリクス王に勧めれば、莉奈の出した酢胡椒に一瞬顔を顰《しか》めた。

酢が隠れるくらいの胡椒が入ったつけダレだからである。初めて見る人は、大概がこんな表情になるのだ。

だが、胡椒はたっぷり入れた方が、莉奈的には断然美味しいと思う。

「真っ黒じゃねぇか」

「それがイイんですよ」

莉奈が良い笑顔でさらに勧めれば、莉奈が冗談でも揶揄っている訳でもないと分かった様だ。

そこまで言うなら試してみるかと、フェリクス王は胡椒しか見えない酢の中に、餃子を浸してみた。

「……っ！　胡椒がいいアクセントになってやがる」

「これだけ入れると辛くなるかと思いましたが、お酢でマイルドになるんですね」

「俺は醤油《しょうゆ》だけでいい」

兄二人は酢胡椒を気に入ったみたいだが、酸っぱい物が苦手なエギエディルス皇子にはやはり合わないらしい。

フェリクス王はその酢胡椒に少しだけ醤油を足してみたりと、自分なりに工夫して楽しんでいる。

「ジーパイでしたっけ。香辛料の香りと、このザクッとした食感が堪りませんね。餃子は周りの皮がモチモチとして面白い」

炭酸水で作ったレモンソーダが気に入ったのか、シュゼル皇子もジーパイや餃子を摘みながらイベールにおかわりを貰《もら》っていた。

酢胡椒とレモンソーダのおかげで、シュゼル皇子にしては珍しく、次々と手が料理に伸びている。

それだけ好みに合ったなら、作った甲斐《かい》があったというものだ。

「リナ、餃子おかわり‼」

小皿に盛った餃子をペロリと食べたエギエディルス皇子は、莉奈に追加を要求してきた。

今度は小籠包でも作ってあげるかなと、エギエディルス皇子の笑顔にニヨる莉奈なのであった。

第5章　勉強熱心な二人

——翌朝。


「わしはまだ飲むんだぁ」

「もう、バカ言ってないで帰るわよ、師匠。じゃあね、リナ」

「包丁とナイフ、ありがとうございました」

夜が明け始めた頃。

ひと眠りしていたバーツは、ほんのり酔ったアーシェスに引き摺《ず》られて帰って行った。

アーシェスもかなりの量を飲んでいたにもかかわらずフラつかないのだから、彼も相当な酒豪である。

そして、入れ替わる様に来た夜勤明けの警備兵達が、朝食代わりのハイボール祭りを開催し、早朝から色んな場所でフラついていていた。

「うぇぇっ！　吐くぅ」

「飲み過ぎたぁぁ」

「そこで吐くなよ？」

早朝勤務の警備兵達が、すれ違い様に仲間達に苦笑いしながら注意している。

確かに王宮で吐いたら大問題である。

片付ける侍女達から不興を買うし、執事長イベールから地獄よりキツい説教があるに違いない。

莉奈《りな》はそんな彼等を横目に、いつもより早く厨房《ちゅうぼう》に来ていた。

仕事明けで夜遅くにハイボール祭りをしていたリック料理長達は、お酒を程々に抑えられたのか、元からお酒に強いのか平然と作業をしている。

パンを焼いたりスープを作ったり、相変わらず早朝からここは激務である。

何か手伝おうかと見ていた莉奈は、固いパンを見習い組がザクザクと細かく切っているのを見て、懐かしいなと目を細めた。

「毎日、色んなパンが出るようになったよね。バゲットも種類が豊富だし、フォカッチャまで作っちゃうんだもん。脱帽だよ」

石の様な固いパンを作っていた人達とは、まるで別人である。

料理人達は水を得た魚のように、どんどん吸収してどんどん改良していた。水や小麦粉を足したり引いたりと配合を変え、時には違う食材を加え、日を追うごとに増えるパンの種類に、莉奈は素直に感服していた。

この調子ならその内、食パンやイングリッシュマフィンだって作れる様になるだろう。

「リナのおかげだよ。パン作りが楽しくて楽しくて」

「水や粉の配合一つで全く違うパンになるし、すっごく面白い」

「この間教わった製法も試してるの‼」

「難しいけど面白い。俺はパンの中でチーズ入りのバゲットが好き」

「私はオリーブオイルを付けて食べるフォカッチャ」

「レーズンパン‼」

一時期パン生地の中に、生魚を入れて焼いていた人達の台詞とは思えない。

今思い出しても、あれは衝撃だ。

「まぁ、酵母の管理は大変だけどな」

リック料理長が苦笑いしていた。

天然酵母は温度管理や衛生面をしっかりとしないと、すぐに腐るから難しい。液体より扱い易い元種にしても、毎日管理をしないと発酵しなくなる。

でも、ここは皆がしっかり管理、徹底出来るから環境はバッチリだった。

「そういえば。実は、最近マテウスとリンゴ以外で作る酵母も試していたんだけど……」

「コレがどうも上手くいかない」

副料理長のマテウスが、頬をポリと掻《か》きながら苦笑いしていた。

莉奈が他の果物とかでも出来ると、リンゴ酵母の時になんとなく言っていたのを覚えていたらしい。

勉強家な二人の事だから、深夜遅くまであ～でもないこ～でもないとやっていたに違いない。

「あ～、オレンジ」

そう言って見せてくれた瓶は、皮ごと切ったオレンジが液体に浸かっていた。

だが、水は濁りに濁り、白や緑色のカビが生えている。

莉奈はその光景に、思わず複雑な表情をしてしまった。

「オレンジでやるなら、外の皮は剥《む》いた方がいいと思うよ？」

リンゴと違って、オレンジやミカンは皮が厚いので、外皮は剥いて薄皮の状態で瓶に入れて作るのである。

詳しくは知らないけど、多分リンゴ同様に皮を剥かないでそのまま作ると、皮が厚いから発酵しにくいとかで、こうなるのではと想像する。

「え？　あ、皮ごとじゃないのか‼」

「リンゴが皮ごとだから、オレンジも皮ごとだと思ってた」

リック料理長とマテウス副料理長が、顔を見合わせ納得していた。

リンゴ酵母は皮も丸ごとだったので、丸ごとでないと酵母菌とやらがないのかと勘違いしていた様である。

「皮の厚い柑橘《かんきつ》系は薄皮だけ、外皮は剥いて大丈夫だよ。後、オレンジはハチミツを入れると風味が良くて美味しい」

「「ハチミツ‼」」

リック料理長達は莉奈を驚かせたくて、ヒッソリやっていたけど、全く敵わないなと改めて思うのであった。

莉奈に訊《き》けば、対処法も改善点もすぐに返ってくるのだ。まだまだ、足元にも及ばないと感服するばかりである。

「そうそう。酵母っていえば、そこにあるハーブからも出来るし、ヨーグルトからも出来るんだよ?」

「ハーブ」

「ヨーグルト」

そう言って莉奈は、試しに作ってみたハーブやヨーグルトのパン酵母の瓶を、魔法鞄《マジックバッグ》から取り出した。

シュゼル皇子に貰った果物や、厨房にあった食材でも出来るかな? と試してみたら、なんだか面白くなって、勢いそのまま色々と作っていたのだ。

こんなのからも出来たよと見せようと思っていたのだが、魔法鞄《マジックバッグ》に入れっぱなしですっかり忘れていた。

その過程で改めて、やっぱり【調合】だけじゃなく、料理に役立つ技能《スキル》が自分には絶対あると感じた。

だって、ハーブやヨーグルトから作れるのは知っていたけど、実際作った事はない。

なのに感覚で作って上手くいくのだから、技能《スキル》以外、莉奈には説明が付かなかったのだった。

莉奈が次々と色んな果物や食物から作った酵母を出せば、皆は目を見張っていた。

リンゴ以外でも出来そうだとは思っていたが、そんなに色々あるとは想像していなかったのである。

「ハーブは糖分が少ないから、初めから砂糖を入れないと難しいかも。逆にヨーグルトは発酵食品だから、発酵が早く進む。あ、一番いいのはレーズンかな。酵母自体にクセがないから、パンに余計な風味がつかなくていいと思うよ？」

「「レーズン」」

「ただ、見栄えを良くするために、オイルコーティングしてあるレーズンは、コーティングが発酵の邪魔をしてダメだった。私的にはグリーンレーズンがお勧めかな？」

「「はあぁ」」

リック料理長とマテウス副料理長は、苦笑いが止まらない。

驚かすつもりが、逆に驚かされるばかりである。

もう、莉奈を驚かせるためには、余程の事でもしない限り無理だと悟ったのである。

「はいはーい‼　なら、この魚からも酵母が出来るの？」

リリアンが、ニコニコ笑いながら右手に生魚を持ち、元気良く左手を挙げていた。

莉奈の話を聞いていて、何からでも出来ると勝手に思い込んだらしい。

「腐るよ」

海にいる生き物に酵母菌が付いている訳がない。

莉奈はリリアンの無邪気な発想に、脱帽するばかりである。

イワシとかなら塩をたっぷり入れて、一年くらい寝かせれば魚醤《ぎょしょう》は出来るかもだけど、ただの水と生魚では発酵する以前にすぐ腐る。

リック料理長やマテウス副料理長とは違いリリアンの発想は、典型的な失敗パターンだなと、莉奈は長いため息が出るのだった。


リリアンを放っておいて、莉奈とリック料理長達は会話を続けた。

「リンゴとか苺《いちご》とかの風味を残したいなら、液体酵母から作った方が香りがいいよ？」

「確かに、老麺《めん》タイプの元種は香りが落ちるな」

「だけど液体酵母って、扱いが難しいんだよなぁ。発酵が安定しないし」

莉奈が出した色んな液体酵母を見ながら、リック料理長とマテウス副料理長が熱心に話していた。

前日のパン生地に小麦粉を足して継承していくタイプの老麺は、パンに成形した後の発酵時間が比較的安定しやすいが、継ぎ足すので香りがあまりしない。

逆に、液体酵母から直接作るパン生地は香りは豊かだが、気温や湿度に敏感で発酵がマチマチになりやすい。

たった一時間で発酵する事もあれば、半日掛かる事もある。

その日の発酵菌の気分によるから、老麺タイプの元種の方が断然扱いやすい。

ただ、リンゴの様な果物系の香りを活かしたいのなら、発酵は気分屋だが液体酵母の方が良いだろう。

リック料理長とマテウス副料理長は、特に熱心にパン生地の製法を色々試し、追求している様だった。

自分の知らない所で、皆がものスゴく勉強しているのを改めて知った莉奈は、何か作ってあげたくなってきた。

「「「……」」」

鍋《なべ》や砂糖やら用意し始めた莉奈に、皆も気を取られる。

各々作業をしながらも、チラチラと盗み見ていた。

「リナ、それはお菓子を作ろうとしているのか？」

皆の視線に苦笑いしながら、リック料理長が何か手伝う事はあるかと訊いてきた。

最近、皆が作るパンの種類に触発され、また一つか二つメニューを添えてみようかと莉奈は考えたのである。

「お菓子でありパンでもある」

「お菓子であり……」

「パン」

皆の視線は、ついに莉奈に釘付《くぎづ》けになっていた。

チーズやレーズンなどは入れてみたりしたが、お菓子と言う程甘くはない。

莉奈の言う「お菓子でありパン」が何か、興味しかなかった。

「まずはボウルに卵黄と砂糖を入れて、白っぽくなるまで良く混ぜる。そこに振るった薄力粉を入れて、さらに泡立て器でかき混ぜる。ある程度混ざったら、沸騰寸前まで温めた牛乳を、糸のようにゆっくり入れながら、またよくかき混ぜる。牛乳はいっぺんに入れると、卵が固まって失敗しちゃうから気をつけてね」

「あ、牛乳が熱いからだな？」

「うん、そう」

リック料理長達は、今はメモをとらずに見て覚えようと真剣だ。

一通り見てから紙に書いて復習するらしく、ラナ女官長が「真面目過ぎるのよね」と笑っていたのを思い出す。

「それ、なんかプリンの材料に似てるな」

「うん。実はいつも作ってる普通のプリンは、プリンプリンって言ってるけど、厳密に言うと〝カスタードプリン〟って言うんだよ。それで私が今、作ろうとしているコレは〝カスタードクリーム〟」

「へぇ～。カスタードプリンにカスタードクリームか」

「詳しくは知らないけど、卵や牛乳・砂糖、そんで香料を混ぜて作ったモノに〝カスタード〟って名前が付いてる気がする」

「「なるほどな」」

莉奈が簡単に説明すれば、リック料理長達は感心した様な声を漏らしていた。

「全部混ぜたら火にかける」

莉奈は説明をしながら、材料の入った鍋を火にかけた。

カスタードクリームの作り方も色々とあるが、一番簡単なのは、材料を全部混ぜてレンジでチンである。

「火は中火くらいでコレを、もったり？　クリーム状になるまでひたすら混ぜるんだけど……焦げやすいので注意しながら、リックさん、はい混ぜて」

「わ、私が混ぜるのか⁉」

莉奈がヘラごとリック料理長に任せれば、リック料理長は慌てて莉奈からヘラを受け取った。

急にやれと言われるとは思わなかったのだろう。

「ちなみにだけど、量が少なめなら最初から全部混ぜて火にかけても、同じように出来るよ？」

「なるほど」

「全卵で作るとサッパリしたクリームになるし、もっと濃厚クリームにしたいなら、牛乳に少し生クリームを足すとコクが出て美味しい」

「コクか。それもプリンと一緒だな」

リック料理長が真剣に混ぜている横で、莉奈とマテウス副料理長が話していた。

他の方法やアレンジのやり方など、応用も一応説明していたのだ。

簡単に説明し終わると、莉奈は他の物を作る用意をし始めていた。

「リックさん。それ、フツフツしてきたら弱火にして、まったりしたら火を止めといて」

「は？　まったり⁇　もったりじゃないのか？　まったりってなんだ？　え、止めといてってリナは何をするんだよ⁉」

「少し早い朝食を」

「「「自由過ぎるだろう！」」」

相変わらずマイペースな莉奈は、餃子《ぎょうざ》作りでスッカリ忘れていたパンの糠漬《ぬかづ》けモドキを、冷蔵庫から取り出した。

糠床《ぬかどこ》ならぬパン床の匂いは糠漬けとは全く違うし、見た目は白っぽい。だけど、漬けた野菜は糠漬けみたいに少し柔らかくなっている。

さて味はと、莉奈は漬かったきゅうりや模様が変な大根、色鮮やかな人参を取り出し食べ易い大きさに切って口に入れた。

「んっ！　さすがにパン床だから糠漬けとは言えないけど、味は糠漬けに近い。糠漬け風」

パンとエールで代用したものの、どうなる事かと楽しみ半分不安半分だったが、妥協点である。

パリカリッとした漬け物特有の食感。味は糠漬け好きには物足りないが、糠床がない代用としてはアリである。

舌の肥えた者でなければ、糠漬けだと勘違いするくらいに酷似している。

だが、莉奈はやはり糠漬けは糠《ぬか》で作ろうと心に誓った。

代用はやはり代用である。パンとエールで作っていると知っているからこそ、余計にコレじゃない感がスゴい。

「よっこらせっと」

自分専用に置いてある椅子に腰をかけて、塩むすびと糠漬けモドキ、それと玄米茶で朝食を摂る事にした。

「はぁ」

塩むすびを齧《かじ》り、漬け物を食べる。

そして、少し満足した腹に玄米茶。莉奈はそこに懐かしさと、ホッとする様な小さな幸せを感じるのだった。


「リナー。なんかもったり？　してきたけど？」

莉奈がほっこりとし皆がスープやサラダ作りをしている間、リック料理長は真面目にカスタードクリームを混ぜてくれていた。

小鍋を覗《のぞ》いたら、サラサラだったカスタードがしっかりクリーム状になっていた。

試しにひと混ぜしたら、木ベラにもったりくっ付いてくる。

「いい感じ。後は粗熱が取れたら鍋ごと氷で冷やし固めて、とりあえず出来上がり」

「とりあえず出来上がりか」

「冷えないと何も出来ないからね」

その間に皆の手伝いでもするかなと、莉奈は朝食を終え作業に戻った。


自分が使った食器を洗いながら、莉奈はフと思った。

ご飯と糠漬けモドキがここにある。なら、朝食もまだそうなリック料理長に、簡単な物を作ってあげようと。

「あ、そうだ。リックさんに簡単なお茶漬け作ってあげるよ」

「「「お茶漬け??」」」

リック料理長以外からも声が上がった。

皆、聞いてない様で聞いているよね？

莉奈はさっき出した糠漬けモドキの野菜類を細かく刻んだ。後は熱々の玄米茶と炊いたご飯を用意する。

「白いご飯に細かく切った糠漬けモドキをのせて、熱々の玄米茶を注いで出来上がり」

贅沢《ぜいたく》を言うなら、出汁をしっかり取ってかけたいところだが、鰹節《かつおぶし》も昆布も煮干しもない。

日本に良くある乾物がないのだから、仕方がないよね。

朝から、魚を焼いて出汁を取るのも面倒だし、とりあえずコレでイイでしょう。

「お酒を飲んだ後や次の日の朝にぴったりの、サッパリした朝食だよ？」

一番は酸味たっぷりの梅茶漬けだけど。

莉奈は現状作れるだけのお茶漬けを用意した。隣りの部屋でパンを作っている人達の分はないけど、致し方ない。

「お茶と一緒に、サラサラッと口にかき込んで食べると美味しい」

スプーンで掬《すく》って食べようとしていた皆に、莉奈はジェスチャーでかっ込む様子を見せてみた。

シチューみたいに食べるより、お茶漬けはかっ込んだ方が美味しいと思う。

「こうか？」

熱々のお茶漬けを、莉奈の言う通りにして食べてみるリック料理長。

啜《すす》る習慣のない皆は、若干咽《む》せたりしながらも上手くお茶漬けを食べていた。

お茶に浸す事でサラサラッといける。お酒で食欲のない胃に、漬け物の酸味がイイ刺激となってご飯が進んだ。

「白いご飯をお茶に浸すと、また違う食感で楽しいな」

「漬け物？　がいいアクセントになってるわね」

「だな。パンとエールで作れるなんて、考えた事もなかったけど」

「でも、ピクルスと違って面白い」

「あ、そうだよ‼　むしろピクルスでもいいんじゃない⁉」

「ピクルスか。確かに酒で弱った胃に、酸味が染みて優しい」

「ヨシ、ピクルスはいっぱいあるし、飲み過ぎで食欲のない皆の分も作っとこう」

皆は、もうなくなった糠漬けモドキの代用に、ピクルスを使う事を考えた様だ。

朝食もまだだった皆も、温かく優しい味に少し活気が戻ったのであった。


莉奈はお茶漬けを作り出した皆を見ながら、冷やしたカスタードクリームを持つと、新しく出来たパン工房に向かった。

といっても、ほぼ隣りである。この厨房《ちゅうぼう》からも、数メートルの通路を通れば直接行けるのだ。

パン工房にした隣りの部屋との間には、食料庫や酒倉があったため、壁を打ち抜いて一つの部屋には出来なかった。

だから、その二つが当たらない窓側と廊下側の両サイドに、厨房と繋《つな》がる通路を作ってくれたのだ。

もちろん、一回廊下に出てからも隣りには行ける。

パンのオーブンだけじゃなくて、ピザ窯も作ってくれたからピザはもちろん、窯焼きのパンも出来る。なかなか充実している。

「あ、騒がしいと思ったら、やっぱりリナだ。何を作ったの？」

隣りの騒がしさが、こちらにも伝わっていたみたいだ。

新しく作られたこの調理場は、パン工房として一日中誰かしらがパンを捏《こ》ねている。

パンは主食で、いくらあっても困らないからね。

それに余ったら魔法鞄《マジックバッグ》に入れて保存出来るから、作り過ぎても無駄にはならない。実に便利な鞄である。

「お茶漬け」

「「「お茶漬け⁉」」」

「後で、皆も食べられるよ」

糠漬けモドキはもうないけど、その代用にするピクルスの方が酸味が強いから、案外古漬けみたいでお茶漬けには合うと思う。

莉奈も説明しながら、後で少し貰《もら》おうかなと思ったのだった。

「後は、パンに入れる甘いクリームを作ってきた」

「パンに入れるクリーム？」

「うん。それで、柔らかめのバゲットの生地が欲しい」

「柔らかめのパン生地」

「甘いクリームで何を作るの？」

莉奈がパン生地を欲しがったら、何に使うのか興味津々に訊《き》いてきた。

最近、莉奈がパンを作る事が少ないから、余計に気になるみたいだった。

「ほほほっ」

莉奈は意味深な笑みを浮かべながら、パン生地を貰った。

初めから答えを教えたらつまらないから、考える余地を与えてみる。

「え～っ⁉　気になるし～」

莉奈の思わせ振りな態度に、皆はもう気になって仕方ないようである。


「ところで、まだ砂糖は安くならないのかな？」

「ならないよ。需要が増えた所で生産量が急に増える訳じゃないからな。オマケにカクテルまで流行り始めたから、むしろ高騰しっぱなしだよ」

後から付いて来ていたリック料理長が苦笑いしながら、説明してくれた。

原料のサトウキビが急に成長する訳ではないし、そもそも畑も急に増やせるモノじゃない。人手も必要だ。なので、相変わらず高嶺《たかね》の花《はな》、〝砂糖サマ〟の様だ。

「砂糖っていえば〝ラム酒〟って、砂糖を作る時に出るサトウキビの廃糖蜜《とうみつ》からも造れるんだってね。全然知らなかった」

「あぁ、モラセスな。砂糖代わりに使う事もあるよ。だけど酒造りには絞り汁も使う別の酒もあるし、砂糖はますます高くなるばかりだよ」

甘いお菓子は王族や貴族など一部の金持ちしか口に出来ないと、ため息を吐《つ》いていたリック料理長だった。

以前の莉奈は、ラム酒の詳しい造り方を知らなかったから、安直に原料を砂糖に回せばイイと思っていたけど、残りカスからなら逆に無駄がない。

なんなら、それ自体も砂糖代わりに使っているとか。

それを聞いた時に莉奈は、上手く利用されているんだなと感心したものだった。

まぁ、リック料理長が言う通り、絞り汁をまるっと使ったお酒も中にはある訳で……それを砂糖には回さないだろう。

シュゼル皇子が特別支給品として各宮に配らなくなったら、砂糖を使う事は出来なくなると皆は苦笑いを漏らしていた。

甘味のシュゼル様々である。

「で、そのカスタードクリームをどうするんだ？」

「パン生地で包んで焼く」

「カスタードクリームを中に入れるのか‼」

リック料理長は莉奈がパン生地をなんて言うから、薄々そうかなと思っていた。だが、実際言われるとやはり驚いてしまったのである。

「菓子パン。カスタードクリームを入れた〝クリームパン〟と、ジャムを入れた〝ジャムパン〟を作ろうと思う」

「「「〝クリームパン〟‼」」」

「「「〝ジャムパン〟‼」」」

パン工房がにわかに騒めいた。

菓子パンといえばフレンチトーストくらいしかなかったので、中に甘いクリームやジャムを入れた菓子パンは初めてだった。

試すにしても砂糖が高いので、失敗した時の代償が高く勇気がいる。なので中々、簡単には手が出せないでいたのだ。

「柔らかめのパンになるパン生地に、好みのジャムやカスタードクリームを包んで焼けば出来上がる」

莉奈は、リック料理長達に手伝ってもらいながら、ジャムとカスタードクリームをパン生地で包む。

カスタードクリームはそんなにないけど、ジャムと分ければ試食くらいの数にはなるだろう。

「アイスクリームは入れないの？」

ヒョッコリ現れたリリアンが、莉奈の背中を人差し指で高速連打していた。

「お前……」

「パンはオーブンで焼くだろうが‼」

「「「溶けるだろう‼」」」

莉奈が何かを言う前に、皆が反応していた。

美味しい美味しくない以前に、長時間焼くパン生地にアイスクリームはダメだよね。高温でサッと揚げる天ぷらはアリだけど。

話をしながら、シュゼル皇子がチラッと頭を過《よぎ》った莉奈だった。

「まぁ、とにかく……カスタードクリームと好みのジャムを、パン生地に包んで焼く事にしよう」

リリアンの相手をしていると疲れるので、聞かなかった事にして莉奈は作業に戻った。

さっき作ったカスタードクリームとジャムが漏れない様に、パン生地に丁寧に包んでいく。

シュゼル皇子が何のジャムが一番好きか分からないので、定番の苺《いちご》とオレンジは外さない様にしておく。

莉奈が簡単に説明する横で、あれだけ変な事を言っていたリリアンも作業に加わっていた。

その手際の良さに莉奈は唖然《あぜん》となっていた。

餃子《ぎょうざ》の時も思ったけど、あんな言動をする様な人と同一人物だとは全く思えない。

「パン以外では、相変わらずポンコツなんだけどな」

莉奈が唖然としていたら、言いたい事を察したリック料理長が苦笑いしていた。

どうやらリリアンは、パン生地作りだけならこの王宮で一、二を争うくらいに腕がいいらしい。

餃子の時といい、あなた誰ですか？　というくらいに別人に見える。

むしろ、いつもこの姿であってほしい。


「では、師匠が包んでくれたパン生地を鉄板にのせて、その上からさらに鉄板をのせて焼こう」

「「「パン生地の上に鉄板をのせるの⁉」」」

大抵パンを焼く時は、鉄板にパン生地をのせてオーブンに入れる。

だが、莉奈は鉄板に並べたパン生地の上に、もう一つ鉄板をのせたので皆が目を丸くさせていた。

「潰《つぶ》すのかい？」

「違うよ？　少しは潰れちゃうけど、押し付けないで軽くのせるだけ。こうすると、両面がパリッ

と焼けて食感が楽しくなるんだよ」

ふわっふわのクリームパンも勿論《もちろん》美味しいけど、表面はパリッとして中がふわっとしているのも面白い。

莉奈は食感をより楽しめるクリームパンにしたいのである。

皆が感心した様子で見守る中、莉奈はパン生地をオーブンに入れた。

鶏皮を押さえ付けるとパリパリになる様に、パン生地も少し押さえ付けるとパリパリになるのだ。

焼き過ぎてはガリガリになってしまうから、焼き加減は見極めないといけないが。


——チン。

焼き上がりの合図の音がした。

常々思うけど異世界なのに出来上がりの音が同じって、親近感はあるけど違和感もあってなんか笑っちゃうよね。

上にのせた方の熱々の鉄板を退ければ、綺麗《きれい》なキツネ色に焼き上がったクリームパンとジャムパンが姿を現し、ふわりとした香ばしい匂いがパン工房に充満する。

「焼き立てクリームパンとジャムパンの試食会といこう‼」

「「「おーーっ‼」」」

昨日のハイボール祭りで、二日酔いや胃もたれを起こしていない人達で、さっそく菓子パンの試食会となった。

周りはザクッとしていて、中はふんわりしていてクリームはとろり。

アツアツと言いながらクリームパンを頬張れば、皆の表情はたちまち笑顔になっていた。

「ザクッふわっ!!」

「カスタードクリームがウマイな」

「パンにプリンが入ったみたいな不思議な感じ」

「俺は、ジャムは苺が美味しいと思う」

「え～？　オレンジも美味しいわよ。焼いたから、出来立てのジャムが入ってるみたい」

「甘いパンはフレンチトーストだけかと思ってた」

「あっちはふんわり。こっちはザクッ。どっちも美味しいよね」

新しい菓子パンを、皆は夢中になって食べていた。

朝食もまだみたいだったから、余計に美味しいと感じるのかもしれない。

だけど、焼き立てのパンは匂いが既に美味しいよね。

シュゼル皇子とエギエディルス皇子は、これを出してあげれば喜ぶだろう。

だが、フェリクス王は顔を顰《しか》める事間違いなしである。

莉奈はフェリクス王にも何か新作で甘くないパンを作るかなと、気合いを入れ直した。

「あれ？　リナ、まだ何か作るのか？」

リック料理長は、焼き上がったバゲットをポイポイと大きなバットに入れて、厨房《ちゆうぼう》に戻って行く莉奈の姿に気付いた。

まだ何か作るなとリック料理長は慌てて、試食用のクリームパンを一切れ口にして、莉奈の後を付いて行く。


「あ、戻って来た」

あっちへこっちへと忙《せわ》しなく動いている莉奈を見て、料理人達は笑っていた。

面倒くさがりの莉奈にしては、早朝からやる気満々である。

厨房に戻って早々、莉奈はボウルにバターや卵などを次々と入れ混ぜ始めた。

「なぁなぁ、無言で作るのやめろよ」

「何作ってんだよ？」

「手伝うから教えてよ」

見て覚えられるのはリック料理長くらいなモノだ。

無言の割に妙な笑みを溢《こぼ》して何かを混ぜている莉奈に、皆は苦笑いしていた。

莉奈の事だから美味しい物なのは確かだが、何故そんな笑みを浮かべているのかが謎で怖い。

「溶かしバター、卵、おろしニンニク、牛乳、マヨネーズ……後はハチミツに塩？　乾燥パセリ？

ガーリックバターの新作か？」

真面目なリック料理長はメモを取りながら、手際良く作業を進める莉奈をジッと観察していた。

莉奈のその笑みが気にならないと言えば嘘になるが、シャカシャカと混ぜている材料に違和感はない。

なら、どちらが気になるかと天秤《てんびん》にかけた時、重心が下になるのは料理だ。莉奈の笑みは見なかった事にした。

「パンには十字に切り込み……なるほど」

莉奈が何故か無言で作る料理を、リック料理長は気にもせず真剣に見ていた。

不気味に笑う莉奈と真剣なリック料理長。そんな奇妙な光景に苦笑いしつつ、皆も自分達の作業をしながら見守っていた。

莉奈は、切り込みを下にして、色々混ぜた溶かしバターの湖にパンをドブンとダイブさせていた。

「え？　パンに染み込ませるのか‼」

スポンジみたいなパンは、たっぷりの溶かしバターを吸い上げている。

何個目か分からないパンをドボンと入れれば、バターの湖はあっという間に空になったのだった。

「で、どうするんだい？」

気になって仕方がなくなったリック料理長は、邪魔をするつもりはなかったが、堪らず訊《き》いてしまった。

「鉄板に並べて、切り込みに好みのチーズをたっぷりのせて焼く」

食べて貰《もら》うのがフェリクス王なので、ただのクリームチーズにしたけど、ここにハチミツを加えて焼いても美味しいし、ブルーチーズが好きなら、それを足しても風味がガラッと変わって面白い。アレンジは色々だ。

「さらにチーズか‼」

味の想像はなんとなく出来るが、普通のガーリックパンと何が違うのかリック料理長も皆もワクワクしていた。

厨房にはパンの焼き上がる匂いが充満する。

焦がしバターの様な香りとニンニクの堪らない香り。

さっき軽く朝食を食べたハズなのに、鼻を擽《くすぐ》りまくるガーリックパンの匂いに皆の腹が小さく鳴った。

——チン。

焼き上がりの合図が響けば、皆の手が止まり、オーブンを開ける莉奈に釘付《くぎづ》けである。

「新作ガーリックパンの出来上がりだよ」

自分用とフェリクス王達の分を取り、後はお皿にのせ、皆に試食だと手渡した。

フワリと香る甘いバターの香りとガツンとくるニンニクの香り。

熱々のパンを千切って口に入れれば、じゅわじゅわとガーリックバターが口いっぱいに広がった。

「ヤバい。ガーリックバターが堪んないんですけど⁉」

「塗って焼いたガーリックパンとは違って、パンなのにジューシー」

「うっわ、口がニンニク臭い……けど、手が止まんない‼」

「朝から、なんかヤバいパンを食った気がする」

「これ絶対、一日中ニンニク臭くなるヤツだ‼」

「「「でも堪らな〜い」」」

ハイボール祭りの翌朝に、ニンニクたっぷりのパン。

絶対にダメなヤツだと薄々感じつつ、皆は誘惑に逆らえず次々と口に運んでいた。

「ちなみにこのガーリックパンの名前、教えてあげようか？」

莉奈は自分が食べるのは一切れだけに抑え、後は魔法鞄《マジックバッグ》にしまってニコリと笑った。

その笑みに思わず半歩下がる一同。

その皆にさらに深い笑みを浮かべる莉奈。

「〝悪魔のパン〟だよ」

「「「あ、あ、悪魔のパンーーッ⁉」」」

皆がその名称《ネーミング》に絶叫した。

美味しかった。だが、どうして悪魔のパンなのだ。悪魔的要素がどこにも見えないと、顔を見合わせ首を傾げていた。

そんな皆に、莉奈はクックックッと悪魔の様な笑みを浮かべて見せた。

「別名〝カロリーモンスター〟とも言う」

「「「え⁉」」」

「「「カ、カロリーモンスター⁉」」」

カロリーが何を意味するのか、なんとなくピンときた皆は固まった。

莉奈がたまに口にするカロリー。意味は分からない。だが、何に対して使うのかは薄々察していた。

聞こえないふりをしていたが、莉奈の笑みの意味が分かり確信してしまった。

「たっぷりのバター、たっぷりのチーズ」

「「「……」」」

聞きたくない、聞きたくないと皆は一斉に耳を塞《ふさ》いだ。

だが、耳には聞こえなくとも、莉奈の悪魔的な声は耳ではなく心に響いていた。

『悪魔のパンだよ？』

「「「……」」」

泣き笑いをしながら、皆は朝から悪魔のパンをムシャムシャと食べていた。

一口も二口も今さら同じだ……と諦《あきら》めたらしい。

「美味さの中に、罪悪感をおぼえる日が来るなんて」

「パンじゃなくて、リナが悪魔だ」

だが、食べる手を止められないと泣いていた。

ちなみに、そのパンは〝罪悪のパン〟と呼ばれたりもする。

そんな皆を見ながら、莉奈は悪魔の様な笑みを浮かべていた。


「リナ」

皆の葛藤《かっとう》に笑みを浮かべていたのが、悪かったのだろうか？

音もなく現れた執事長イベールに、莉奈は前触れもなく首根っこをガシリと掴《つか》まれた。

「え？」

不意を突かれた莉奈は目を丸くしつつ、何事だとイベールに問うが、氷の執事長《イベール》はいつも以上に無表情だった。

「な、な、何？　え？　えぇーーっ⁉」

訳の分からないまま、莉奈はイベールにズルズルと引き摺《ず》られ、厨房を後にしたのであった。

莉奈、また何かやらかしたな？

皆は生温かい目で見ていたが、すぐに切り替えた。

「さ、さぁ‼　皆、仕事だ仕事‼」

「そうだな。仕事だ‼」

「今日も一日頑張ろう‼」

料理人達は、イベールの様子にタダごとではないなと感じたが、自分達ではどうする事も出来ない。

むしろ、サボったりしてこちらに飛び火がこない事を祈るしかない。皆は、いつも以上に気合いを入れて作業に戻るのだった。

◇◇◇

抵抗するだけ無駄だと悟った莉奈は、人形のようにイベールに引き摺られて来た。

すれ違う人達が目を逸らす中、莉奈が連れて来られたのは【白竜宮《はくりゅうきゅう》】の一角にある竜の広場だった。

てっきりフェリクス王の執務室だと思っていた莉奈は、連れて来られた理由がいよいよ分からない。

やがて、氷の執事長イベールは無抵抗の莉奈をポイッと地に捨てた。

「んぎゃ」

優しさも気遣いも全くない扱いが、いっそ清々しい。

「もぉ、なんなんですか？」

イベールに優しくされた方が恐ろしいと思いつつ、服を叩《たた》きながら立ち上がれば、莉奈の目の前に王族ブラザーズが……。

――あら？

「こんな朝から、どうか致しましたか？」

フェリクス王達がいるのだから、莉奈を呼んだのは彼等だろう。

だが、莉奈にはフェリクス王が何故、こんな早朝に自分を呼ぶのか分からなかった。

今さら過ぎるけど、乱れた服や髪を手で簡単に直す。

「どうかしましたか、じゃねぇんだよ」

「え？」

「コレは何だ？」

そう言ってフェリクス王が一歩横に移動すると、莉奈の視界が大きく開けた。

莉奈の目の前には、ネズミがいる遊園地と同じ敷地くらいの広大な竜の広場がある……ハズだった。

いや、敷地面積は変わらない。いつもは竜がのんびりと過ごす場所である。

だが、今は竜の代わりにそこを埋め尽くすくらいの〝何か〟が点々と、場所によればこんもりと山積みになっていたのだ。

——え？

その異様な光景に、莉奈は口が半開きのまま固まった。

「なんですか？　コレ？」

驚愕《きょうがく》を通り越して、何をどう言っていいのか分からない莉奈。

何故自分が呼ばれたのだと、フェリクス王を見た。

「んぎゃぁ‼　痛いイタイ痛い‼」

「ソレをお前に、訊いてるんだろうが」

途端に、莉奈の頭を鷲掴《わしづか》みしたフェリクス王。

王に対して、質問を質問返しで答えるのは不敬である。しかし、フェリクス王の言動からして、その事を怒っている訳ではなさそうだった。

「リナ。お前、竜に何を言ったら、こんな大量に〝魔物〟を持って来るんだよ」

涙目になる莉奈に呆《あき》れているエギエディルス皇子が、フェリクス王の代わりにもう一度訊いた。

そうなのだ。

現在、この広大な竜の広場には竜ではなく、動物園や水族館でも見た事もない生き物、いわゆる魔物がところ狭しと転がっていたのであった。

「し、知らないよ。そんな事」

見た者の話を聞けば、どうやら竜達が嬉々《きき》として魔物を討伐して、ここに運んで来ているらしかった。

だが、莉奈は何故自分に聞かれるのか、サッパリであった。

「あぁ？」

莉奈のその返答にフェリクス王の目が眇《すが》んだ。

竜が何かする＝莉奈の仕業。

その訳の分からない方程式が、すでにこの王城では当たり前になっていた。

なので、竜が何かをすれば、そこには莉奈が絡んでいると誰しもが思っていた。

しかし、竜が何故こんな事をしているか分からない莉奈は、なんでもかんでも自分のせいにするなと、王族相手に猛抗議する。

「竜が何かするたびに、私が関与していると思われるのは心外です‼」

「ほぉ？　なら、この惨状にお前は一切関与していないんだな？」

口端を上げ、フェリクス王が莉奈を軽く睨《にら》んだ瞬間――。

莉奈は何故か走馬灯の様に、この数日の出来事が思い浮かんですぐ消えた。

「いえ、ガッツリ関わっていると思われます‼」

――ゴン!!

「関わってんじゃねぇか!!」

ピシリと敬礼して答えれば、莉奈の頭には、フェリクス王の失笑と拳《こぶし》が落ちてきた。

やっぱり誤解でもなんでもなく、お前のせいじゃないかと。

「……んぁ」

莉奈、あまりの痛さに悶絶《もんぜつ》である。

星って、夜じゃなくても見えるんですね？

莉奈は初めて、漫画に出てくる様な星空を朝早くに見たのだった。

◇◇◇

竜が魔物を集めて持って来る理由は簡単。

莉奈が美容液と引き換えにと言ったので、竜達は素直に自分が考える限りの〝レアな素材〟を探して持って来ているのだ。

莉奈が一頭につき一つと限定しなかったため、竜達はアレもコレもととりあえず採取、あるいは討伐して置いていているのだろう。

期限は本日の夕刻。

元から闘争心が高い上に、やった事もない競争を面白がった竜達は、我が一番だと競いに競い合い、今、この広場にありったけを集めてしまった……という訳だ。

ただ、その量がちょっと？　かなり？　いや超が付く程に異常だというだけ。

そして、何も知らない者達は、見た事もないこの現状というか惨状に、唖然呆然《あぜんぼうぜん》としていたのである。

「「「……はぁ」」」

莉奈が説明してみれば、王兄弟だけでなくイベールまでもが、深いため息を吐《つ》いていた。

呆れ過ぎて開いた口が塞がらない様子だった。

第6章　想定外＋規格外＝リナ↓神龍？

「また美容液かよ」

再び深いため息を吐《つ》いたフェリクス王。

穴を掘ったり、美容液を求めたり……竜のする事ではないと、言葉を失っている様子だった。

あまり人間に関わらない竜が、この世界に莉奈《りな》が来た途端にガッツリ関わっている。

それも、番《つがい》を持った竜だけでなく、人嫌いな野竜までもがである。

番を持つ竜でさえも、興味のない人間に自分から話しかける事はほとんどないし、近寄らせる事も嫌う。

なのにその気難しい竜が、莉奈だけには自ら関わりを持とうとするのだ。

物に釣られただけでは、理由が弱過ぎる。

美容液だけではない。何か惹《ひ》きつける魅力が、莉奈にはあるのだろう。

……ドスーーン。

フェリクス王達が何をどうしていいか考えている間にも、竜達は嬉々として魔物を置いては去っていた。

それも、俺が私が一番だと言わんばかりに誇らしげに。

「「「……」」」

フェリクス王達は、もう言葉が出なかった。

気難しい竜達が、莉奈の無茶苦茶な指令を楽しそうにこなしているのだ。

しかもいつもなら、フェリクス王と目が合えば固まり、いるだけで震え上がる竜達が、魔物を置いては去り置いては去りを繰り返している。

美容液に取《と》り憑《つ》かれたのか、競争に夢中なのか、フェリクス王がいるにもかかわらず視界にすら入らないらしい。

「なぁ、どうするんだよ、コレ」

エギエディルス皇子がボソッと呟《つぶや》いた。

莉奈とやり取りをしている間にも、魔物はドンドン増えていく。死屍《しし》累々とはこの事であった。

「リナ」

竜に持って来いと言ったのは莉奈である。

何か考えでもあるのかと、フェリクス王はチラッと莉奈を見た。

「え？」

「え、じゃねぇ。どうするつもりなんだよ」

「……え？」

「コレはどうするんだ」

「…………ええっ⁇」

はて。どうするとは、どういう事だろうか？


――パシン。

目を丸くさせて惚《ほう》けた様子の莉奈の頭に、フェリクス王の平手が落ちて来た。

「〝何も考えてませんでした〟って表情《かお》をしてんじゃねぇ」

ごもっとも過ぎて何も言い返せない莉奈。

その場の思い付きで〝レア素材競争〟なんて事を竜達にやらせたが、そもそも何が一番稀少《レア》なのかも分からないのだ。

誰かに教えてもらえばいいかな～？　なんてノリだ。

獲ってきた魔物や素材の扱いなど、一切考えていなかった。ましてや、フェリクス王達にバレて怒られるかもなんて微塵《みじん》も頭になかったのである。

「ヴァルタール皇国のために、何か貢献出来ればと考えた次第であります‼」


――ゴン！

「いったぁぁぁーーっい‼」

再び敬礼をして、取って付けた様な言い訳をすれば、今度はゲンコツが頭に落ちた。

「空々しいにも程がある」

もはや、怒るより笑いすら漏れたフェリクス王だった。

コレのドコが、ヴァルタール皇国に貢献しているのか。言い訳も甚だしい。

もっともらしい嘘すら吐《つ》く事もしない莉奈には、いっそ清々しさすら感じる。

「ですが……かなり稀少価値のある魔物がいますし、貢献という意味ではあながち嘘ではありませんよ？」

フェリクス王が莉奈に甘い叱責をしている最中に、魔物を一通り見ていたのかシュゼル皇子は苦笑いしていた。

稀少価値のある魔物は、防具や装飾品だけでなく、薬にもなる。

人より遥《はる》かに長い年月を生きる竜が獲って来た魔物や素材は、そのほとんどが稀少なモノだった。

シュゼル皇子は初めから持つ自身の【鑑定】だけでなく、莉奈の【鑑定】や【検索】も取得していたので、以前よりプラスαな情報が視られて楽しかった。

莉奈の【鑑定】は、食に特化している部分が面白い。

ただ、そんなモノまで食べられるのかと分かると、気分は複雑ではあったが。

「なぁなぁ、アレって〝リヴァイアサン〟だろ？」

エギエディルス皇子は、魔物の山に隠れた長くて大きな魚を見つけ、少し興奮した様子でフェリクス王を見た。

稀少な魔物なので、エギエディルス皇子も初めて見たのだろう。

莉奈もその言葉に、好奇心が疼《うず》いてエギエディルス皇子に近付いた。

リヴァイアサンといえば、海の魔物、最強のイメージが莉奈の中ではあった。

恐る恐る見れば、牙《きば》が異様に大きい猪みたいな魔物や顔が三つある奇妙な生き物の陰に、エギエディルス皇子の言っているモノがあった。

もう少しだけ近付いて見ると、顔は竜に少し似ているが、胴体は蛇の様な生き物が横たわっていた。

色んな魔物が乗ったりしているので、全体像はよく見えないが、体長は軽く100メートルはありそうだった。

「コレがリヴァイアサン？」

ゲームや小説で見た事はあるが、鯨やイルカとは違い幻想の生き物のため、絵姿や描写は統一されていなかった。

だから、リヴァイアサンと言われてもピンとこなかった。

莉奈に言わせれば、竜の頭を持ったものスゴく巨大なリュウグウノツカイに見える。エギエディルス皇子達がリヴァイアサンと言うから、コレがそうなのかなと思うだけだ。

【リヴァイアサン】

頭は竜、胴体は手足の生えた蛇の様な身体を持つ生き物で、海洋生物の頂点に立つ。

主に深海にいる事が多く、滅多に姿を現さない。

海の神とも呼ばれる神龍。

雄はリヴァイアタンとも呼ばれる。


――マジか。

神龍リヴァイアサン、幻想《ファンタジー》の生き物が本当にいるよ。

莉奈はビクビクしながらもつい【鑑定】をかけて視て、頬が引き攣っていた。

あれ？　これ以上、詳しく視ない方がいいのかな？

見たい好奇心と、その内容を知った衝撃を天秤《てんびん》にかけた時、秘匿案件だった時のリスクが高過ぎやしないだろうか？

これ以上は視てはダメですよね？　と確認する様にシュゼル皇子を見てみれば、意味深な笑みを浮かべてこう返された。

「とても美味しいみたいですよ？」と。

――ぎゅるるるぅ～っ。

なんでこのタイミングで鳴るのかな？

途端に、空気を読まない莉奈の腹が鳴った。

「リヴァイアサン見て腹なんて鳴かすの、世界中捜してもお前だけだと思う」

「後で、竜も減っていないか確認しておきましょう」

「……もうすでに、食べられたのではないでしょうか」

エギエディルス皇子は呆《あき》れている横で、シュゼル皇子はほのほのと、イベールは冷めた目で見ていた。

「……くっ」

莉奈が恥ずかしそうにしている横で、フェリクス王が莉奈の顔をチラッと見た後、下を向いて肩を震わせていた。

絶対に笑っている。

予期せぬ莉奈の言動すべてが、可笑しくて仕方がないのだろう。

最悪だ。もう、いっそのこと盛大に笑われた方がいい。

お腹のバカーーッ!!

と嘆く莉奈だった。

「で、どうするんだコレ？」

莉奈の言動もいつも通りだなと諦《あきら》めたエギエディルス皇子は、兄二人にこの魔物の扱いを訊《き》いた。

ただでさえ貴重な魔物だが、莉奈の指令？　により超が付く程稀少《レア》な魔物が集まっている。

初めは唖然《あぜん》としていたエギエディルス皇子も、今は見た事もない魔物の数々に興奮気味だ。

ナイフのような鋭い爪を持った巨大な熊、羽根がカラフルな虹色《にじいろ》の鳥、足がムカデみたいにたくさんある羽根の生えた虫。

頭が三つある獰猛《どうもう》そうな獣、鋭利な牙を持つ兎、ツノが生えた蜥蜴《とかげ》。

キラキラ光る羽根が生えた馬、首にトゲがあり目が六個あるワニ。

多種多様さとその数に、莉奈は改めて自分のした事の重大さに、乾いた笑いが漏れていた。

「フェル兄、コレ」

魔物を見ていたエギエディルス皇子が、山積みの魔物の下から何かを見つけた。

「んぎゃ！」

フェリクス王は逃げない様に莉奈の首根っこを掴《つか》むと、エギエディルス皇子の指差した場所を見た。

そこには樹齢何年か分からない程の大木が、根っこから引き抜かれた状態で転がっていた。

青々と生い茂っていたと思われる葉も、今は水も与えられる事もなく少し萎《しな》びているし、根はほとんどが無残にブチ切れていた。

竜が丁寧に掘って持って来る訳がないから、かなり強引に引っこ抜いたのだと想像する。


【聖木《せいぼく》】

いつ何時、どこで生えるか解明出来ない木。

別名〝神木《しんぼく》〟と呼ばれ、その身から放つ不思議な光は聖なる力を持ち、周りに魔物を寄せ付けない。

世界でも超稀少な樹木。成長すると聖樹となるが、聖樹になるのはさらに稀《まれ》。

〈用途〉

旅人や冒険者達は〝宿《やど》り木《ぎ》〟と呼び、疲れた身体を休めるための拠り所として重宝している。

その効力や範囲はその樹木により異なる。

幹や葉だけでなく根や樹液に至るまで、防具や装飾品、薬として重宝される。

〈その他〉

一部食用である。

数十年に一度程度に生る実は、大変美味。

稀に咲く花や生る実は、他の素材と特別な配合で調合すると魔法薬となる。

樹齢数百年のマナの木が、進化し聖木になるとも言われている。


魔物を寄り付かせない超稀少《きしょう》な樹木。

抜いたり傷付けたりする事での影響が未知数で、未だかつて抜いた者はいない……とされている。

抜いた事を隠匿している可能性もあり、さだかではない。

ただ古来、抜いた地域や国に厄災が起きるとの噂が……。

もしかしなくても、その地や生態系に与えるだろう影響は絶大である。

「……抜いて良いモノなのでしょうかね？」

シュゼル皇子にも予想がつかないらしく、どうしたものかと微笑みながらも困惑している様だった。

「え？　どう考えても、絶対ダメなヤツだろ」

世間をあまり知らないエギエディルス皇子ですら分かる。

コレは絶対に抜いたら駄目な樹木だと。

「どこの誰《どいつ》だ、聖木《こんなモノ》を抜いて来た竜《アホ》は」

フェリクス王は、盛大に舌打ちをしていた。

訳の分からない指令を出した莉奈は莉奈で問題だが、この樹木を引っこ抜いて来た竜はさらに大問題である。

魔物を寄り付かせない木が、ドコかからなくなったのだ。

その聖木のおかげで維持されていたであろうその付近の生態系は、確実に崩壊する。

また、その聖木を進路に入れていた旅人達は絶望するし、魔物を討伐し休むつもりで来た冒険者は、聖木が根こそぎなくなったその地に愕然《がくぜん》とする事だろう。フェリクス王は眉間《みけん》を揉《も》んでいた。

百歩譲って魔物の件はいい。稀少な魔物は大半が凶暴な輩が多いから、その魔物がたとえ一時的だとしても少なくなれば、市民の生活も脅かされなくなるからだ。

だが、聖木は違う。

数枚の葉を採取する程度ならともかく、ここにあるのは葉なんて可愛い物ではなく、聖木その物。影響が計りしれなかった。

「エギエディルス、早急に近衛師団をここへ。数名を連れ、ソレを銀海宮《ぎんかいきゅう》の中庭に移植しろ。それが終わったら、イベールの手伝いに回れ」

「分かった」

「シュゼルとお前は分担して【鑑定】【検索】し記述」

「御意に」

エギエディルス皇子はフェリクス王に指示され、白竜宮に走って行った。

シュゼル皇子は作業に取り掛かるため、魔法鞄《マジックバッグ》から記述するための紙とペン、後はそれを書くのに必要な小さなテーブルと椅子を二脚出していた。

ここで座ってやるみたいだ。

「イベール、お前はヴィルと共同で薬になる素材と、武具になる素材を別々に確保し保管。その全てを報告しろ」

「御意」

フェリクス王はこの聖木が、どこに生えていたモノか調査する様だった。

執事長イベールは魔法省タール長官と協力し、解体や素材の保管と報告をせよとの王命を受け、タール長官のいる黒狼宮《こくろうきゅう》へと消えた。


――バチン！

「いったぁい‼」

もう莉奈の頭は禿げそうである。

皆が素早く動く中、莉奈は何もせずボンヤリと突っ立っていたために、フェリクス王に叩《たた》かれていた。

「ボケッとしてんじゃねぇよ。お前もとっとと作業に移れ」

「え？」

「シュゼルの補佐に回れ」

「あ、えぇ⁉」

シュゼル皇子と〝お前〟と言っていたが、お前とは自分の事だったのか。

莉奈は目を丸くしていた。

フェリクス王の言っていたのは、この竜の広場に置かれていく膨大な数の魔物の鑑定と検索、その全ての記載をしろとの事。

10や20なんてモノじゃない。ザッと見ただけでも100は軽く超える。

莉奈は気が遠くなりそうだった。

「ぎょ、御意に？」

マジ？　と言いたかったがフェリクス王に睨《にら》まれ、莉奈は淡々作業に移る事にした。

そうか、だからシュゼル皇子は椅子を二脚用意したのだ。

なんか大事になってしまったなとボンヤリ考えながら、シュゼル皇子に書き方を教わる事にした。

ささっと終わる気はしないが、やらなきゃ首が飛ぶ。

シュゼル皇子はチラッと魔物の山を見て楽しそうに笑うと、莉奈に丁寧に説明をしてくれた。

「リナ、分かりましたか？」

「あ、え？　はい」

要は【鑑定】や【検索】で視たまんまを記載すれば良い感じなので、読み書き出来れば莉奈でも出来そうだ。

だが、ホッとしたのも束の間だった。

「これだけの素材が運ばれて来るのであれば、そこに〝カカオ豆〟があるかもしれません。一緒に頑張りましょうね？」

「……え？　あ……はい？」

……カカオ豆？

それって、この世界では〝カカ王〟とか呼ばれるカカオ豆の事ですか？

え？　まだ探してたの？

シュゼル皇子の笑顔と記憶力……そして、執着に似た情熱が怖い。

カカオ豆の存在なんて、莉奈はとうの昔に忘れてた。

確かにこれだけ色々とあるのだから、可能性は多いにある。真珠姫がまた手に入れて、ここに置いているかもしれないし、なんかの拍子にポロッと漏らさないとも限らない。

うっわぁ、どうしよう。

そう、真珠姫の部屋を飾り付けてあげたときに、テオブロマ・カカ王なる木の実をお礼にもらってしまっているのだ。

カカオ豆があっても怖いが、それよりも……実は大分前に手にしていました、なんて知られたら？

色々な事を考えていたら、胃がキリキリしてきた莉奈なのであった。

◇◇◇

――その後。

期限の夕刻まで、竜達は休む事なく稀少価値のある魔物や素材探しに明け暮れていた。

竜達はいつの間にか、シュゼル皇子や莉奈がいた事に驚いてはいたけど、まぁいいかとすぐに素材探しに向かって行った。

莉奈は鑑定するモノが多くなるから、〝頼むから探しに行くな〟と言いたいところだったが、自業自得だなと途中から諦《あきら》めたのである。

エギエディルス皇子は竜が何かを持って来るたび、今度は何だ？　と嬉々《きき》としていたが、それを処理するイベールや近衛師団兵の皆には疲労が見えていた。

皆も、初めはエギエディルス皇子の様なワクワク感があった。

しかし、それも初めだけ。次々と持って来られる魔物と素材に、次第にゲンナリしていた。

ひっきりなしに竜が持って来るので、鑑定作業も解体作業も一向に終わりが見えない。

期限の夕刻になればなったで、竜達は今度は誰が一番なのだと、莉奈にしきりに聞きたがる。

内心、もうどうでもイイと思うけれど、さすがにそうは言えず何が一番稀少かシュゼル皇子に教えを乞《こ》うた。

だが、竜達が持って来た魔物や植物、鉱物はどれもこれも稀少なモノらしく、簡単に順位など付けられなかった。


——結果。

無理に順位を付ける事は出来ず、今回に限り素材等を採取、討伐して来た竜達すべてに美容液を塗る事になったのである。

美容液の材料については、軍部の人達が工面してくれるとの事で落ち着いたのであった。


——それから、丸三日。

鑑定作業は続いた。連日の過度な【鑑定】作業で、莉奈はこれまでにない疲労感・目眩《めまい》を味わっていた。

いや、解体はまだ続いているのだから、三日で済んで良かったと言えるだろう。

莉奈やシュゼル皇子が鑑定や検索をした魔物や素材を、解体場に運び部位ごとに切り分け、武具になる素材は白竜宮へ、薬などになる素材は黒狼宮へと、随時運ばれている。

【鑑定】で食用可と出た肉や身などは、ほとんどが莉奈の魔法鞄《マジックバッグ》へと詰め込まれた。

厨房《ちゅうぼう》に置いてある莉奈の食肉専用の魔法鞄《マジックバッグ》は、もはや色々な魔物の肉や魚等でパンパンだ。

だが、鑑定と筆記作業が終わると次は美容液だ。

莉奈は、休む間もなく竜達に催促され美容液を製造し、竜達に塗りまくったのである。

そのすべてが終わった時には、さすがの莉奈もフラフラだった。

部屋に戻って来ると、そのままベッドへダイブし、泥の様に寝たのであった。

◇◇◇

疲労から回復した莉奈が部屋から出た時には、すでに聖木は銀海宮の中庭に移植されていた。

無理矢理引っこ抜かれたため、傷も多く萎《しお》れていて、いつ枯れてもおかしくない状態らしい。

そして……あの聖木はどの竜が引っこ抜いて持って来たのか判明した。

「私のポンポコちゃんがぁ〜」

宿舎の一角でそう嘆くのは、近衛師団兵であり莉奈の碧月宮《へきげつきゅう》を警護してくれているアンナだった。

どうやら、最近 番《つがい》になったアンナの竜が、聖木を見つけ、何も考えずにぶっこ抜いて来たらしい。

フェリクス王が、どこから抜いたと訊《き》いても分からず、アンナ同様へラッとしていたそうな。

そしてアンナの竜のポンポコちゃんは、半ギレしたフェリクス王により、一週間の謹慎処分となったそうな。

おそらく、真珠姫がいつぞや消えた暗闇に、有無を言わせず引き摺《ず》り込まれたのだろう。

しかし、竜に〝ポンポコ〟って。アンナの名付け《ネーミング》センスを疑う。

そんなアンナを横目に、碧空《へきくう》の君の部屋の掃除に向かった莉奈の目の前に、ふらりと竜が現れた。

「お主のせいで、我もとんだとばっちりを受けたぞ？」

そう言って、笑っていたのは王竜だった。

ポンポコが聖木を引っこ抜いてしまったのは、王竜の監督不行届だとフェリクス王に叱責を受けたとか。「我は関係ないのに理不尽過ぎだ」と、王竜は抗議したらしい。

「あ～すみません？」

「お主、反省の色がなさ過ぎるとは思わんか？」

莉奈の適当な謝罪に、王竜は目を丸くさせていた。

元凶とも言えるおおもとの莉奈から、そんな返答が返ってくるとは想定外である。

「え？　だって、そこまでは知りませんよ」

「……」

竜や王族を巻き込み、あそこまで大事になったのに、当の本人はあっけらかんとしていた。

普通なら、猛省したり落ち込んだりしてもよさそうだ。

なのに、ケロッとしている。莉奈の精神《メンタル》が強靭《きょうじん》過ぎて、王竜は開いた口が塞《ふさ》がらなかった。

「大体、王も参加したんでしょう?」

王竜も、シレッと交じっていたらしい……との噂を耳にした。

最初は静観するつもりでいた王竜も、皆が楽しそうに集めるモノを見てウズッとして、我が一番に決まっていると誇示したくて最終的に参加したのではないかと、莉奈は推測する。

参加までして何か狩り獲ってきた王竜に、とやかく言われる筋合いはないと莉奈は思う。

「〝リヴァイアサン〟を獲って来たの、王ですよね?」

「……むっ」

しかも、神龍とか海の神とか呼ばれている魔物である。

あれだけバカらしいと見ていた王竜が、一番とんでもないモノを獲って来たではないか。さすが王竜と言いたいところだが、それで、全部莉奈のせいだとどの口が言うのか。

莉奈が呆《あき》れた様に言えば、なんだバレていたのかと悪戯っ子の様に王竜は笑っていた。

結局参加していたのかよと、莉奈は呆れ笑いしか出ない。

変なところで負けず嫌いな竜である。

「目障りだったからな」

「……」

普段海中にいる魔物の何が目障りなモノか。

竜は地空、リヴァイアサンは海。縄張りも違えば、接点なんて何もないでしょうよ。

どうせ面白くなって、交ざってみたに違いない。

「あ、そうだ。せっかくですから、リヴァイアサンの鱗《うろこ》を部屋に飾ります？」

あれからリヴァイアサンの解体も手伝ったシュゼル皇子に、リヴァイアサンの身や鱗をいくつか貰《もら》ったのだ。

薄い蒼とも碧《みどり》ともとれる鱗は、厚みはあるのにガラスの様に透けている。光を通せばステンドグラスみたいに、キラキラと輝いて見える。

ランプシェードの代わりに囲って置けば、さぞ幻想的になるに違いない。

キラキラ好きの竜にはもってこいの品ではなかろうか。

だから、狩り獲って来た王竜も勲章か戦利品みたいな感じで飾るかなと、莉奈は思ったのだ。

「いらん」

だが、速攻で返事が返ってきた。

「え？　でも光に通すと綺麗《きれい》ですよ？」

「ふん、我よりもか？」

「……」

あぁ、そういう事ですか。

リヴァイアサンの鱗の方が綺麗だと言ったら、コレ絶対に不機嫌になるヤツだ。

莉奈的には、竜は竜。リヴァイアサンはリヴァイアサン。

鉱物・鉱石的な美しさと、半透明でガラスや水晶の様な美しさとでは別だし、どちらもものスゴく綺麗で比較するモノではないと思う。

だが、王竜は自分が一番でなければ気に入らないのだろう。

「王竜を魔物と比べるなんて、おこがましくて出来ませんよ。それに、リヴァイアサンを倒した王竜が一番だって、他の竜に申し訳なくて言わないだけですよ？」

実際には、何が一番かなんて莉奈には分からないけど。

王竜的には皆が一番という結果になり、どこかモヤッとして腑《ふ》に落《お》ちないのだろう。

美容液を塗ってあげた真珠姫も、口にはしなかったがそんな感じだった。

碧空《へきくう》の君は、美容液の特別感が薄れたとボヤいていたけど。

莉奈の言葉にイマイチ納得いかない王竜は、ポツリと唸《うな》る様に言った。

「やはり、不死鳥《フェニックス》を狩ってくれれば良かったか」

「不死鳥《フェニックス》」

その言葉が耳に入り、莉奈は思わず瞳《ひとみ》が爛々《らんらん》としてしまった。

不死鳥《フェニックス》とは小説や漫画、ゲームなどでは、不死と名が付く様に永遠の時を生きると言われている鳥だ。別名、火の鳥とも呼ばれ、文字通り火に包まれている姿で書かれている事が多い。

そんな鳥までいると考えると、莉奈はワクワクしてしまった。

「……あれ？」

でも、火の鳥って火に包まれているから火の鳥だ。

莉奈はハテ？　と疑問が口から次々と漏れていた。

「どうした、竜喰らい」

「不死鳥《フェニックス》って、別名〝火の鳥〟とか呼ばれたりします？」

「そうだな」

「うっわ。焼かなくても既に〝やきとり〟だ」

焼いて食べる前から、焼き鳥だ。

肉体はどうなっているのだろうか？

不死鳥《フェニックス》からは、いつも香ばしい匂いがするのだろうか？　焼かなくても食べられたりするのだろうか？

だとしたら、手間いらず？　いや、羽根はどうなっているのかな。

莉奈は疑問しか浮かばず、ポロポロッと口から漏れ出ていた。

「お主、魔物を喰らう方向以外には頭は働かんのか？」

王竜は莉奈が、不死鳥《フェニックス》まで喰らおうと考えるとは想像もしなかった。

人が普通に考えるのは討伐方法か、素材の活かし方だ。

食す方向に考えるのは人ではなく、もはや魔物の域である。

王竜は唖然呆然《あぜんぼうぜん》としていた。

「〝バハムート〟もいるのかな？」

莉奈の想像は逞《たくま》しく、さらに広がりを見せていた。

神龍リヴァイアサンがいるなら、同じ神龍だと思うバハムートもいそうだなと。

その言葉に、王竜は珍しくビクリとした。

「……いたらどうするつもりだ？」

「美味しいのかな……と？」

「……っ⁉」

莉奈がそう小さく呟《つぶや》けば、王竜は今度は目を見開き身震いしていた。

「……？」

こんなに驚愕《きょうがく》し怯《おび》えた王竜を見るのは、初めてだった。

莉奈がどうしたのかと口を開きかければ、何故か王竜はゆっくりゆっくりと後退《あとずさ》りしていた。

莉奈に怯えているようにさえ見えた。

「どうしました？」

「……あの王が選んだ娘だけの事はある」

「え？　どういう意味ですか？」

莉奈がキョトンとして訊《たず》ねれば「アヤツより恐ろしい」と、王竜はブルッと身震いし地をトンと蹴《け》った。

「王？」

「番は喰らうでないぞ？」

「はぁ?!」

王竜はそう言って、まるで逃げるかの様に莉奈の前から消えたのであった。

「……え？　なんで？」

莉奈、王竜の言動がまったく分からずである。

碧空の君を食うなとはどういう意味だ。

友達みたいな竜を、食べる訳がない。

だが、莉奈が何故そんな事を言われたのか、理解するのはすぐだった。

たまたま宿舎にいる莉奈に会いに来て、つい会話を立ち聞きしてしまった近衛師団兵のアメリアが、顔面蒼白《そうはく》で教えてくれたのだ。

「リナ。〝バハムート〟って……〝王竜〟の異名だよ」と。

莉奈が食べてみたいと言った〝バハムート〟とは王竜《ほんにん》の事だった。

皆も王竜は王竜と呼んでいたし、莉奈も王竜は王竜だと思い込んでいた。だから、まさか他の呼び名があるなんて、これっぽっちも考えた事はなかった。

不死鳥がフェニックスや火の鳥と呼ばれる様に、王竜もバハムートと呼ばれる事がある様だった。

うん。怯えて当然だ。

目を見て「お前が食いたい」と言ったようなものだから。


——その後。

何度も土下座して拝み倒し、王竜と莉奈のわだかまりが解けたのは、しばらくしてからである。

竜達にはフェリクス王とは違った意味で、さらに怯えられる存在になってしまった莉奈だった。

第7章　莉奈《りな》はやっぱり莉奈だった

それからしばらく。

莉奈は莉奈なりに大人しく過ごしていた……様に見えた。

今回の出来事があっという間に王城内に広まり、さすがの莉奈も大人しくせざるを得なかったともいう。

「リナが大人しいと、逆に不気味よね」

早朝、朝食後の紅茶を淹れてくれた侍女のモニカが呟いた。

何かやらかすのが莉奈の普通だと認識している皆は、嵐の前の静けさではないのかと、怯えていた。

「失礼じゃない？」

莉奈はプクリと頬を膨らませる。

その言い方だと、普段は暴れ回っているみたいだ。

「だけど、聖木が引っこ抜かれたのは由々しき事態よね」

ラナ女官長が困惑した様子を見せた。

聖木は魔除けの木だという事は、小さな子供でも知っている。それを竜が抜いて来るとは誰も思わなかった。

あれからフェリクス王が、単身自分の知る限りの聖木の場所を調査しに行ったらしい。

ポンポコがブチ抜いて来た聖木の場所は分かった様で、幸いな事に現時点では、大した支障はないそうだった。

いつも能天気なアンナでも、さすがに番《つがい》がやった事の重大性は理解しており、肩身の狭い思いをしているらしい。

落ち着いたらいずれ、ポンポコと連帯で聖木を抜いた周辺を警戒する命が下る事だろう。

「聖木って元気になったら、力を取り戻すのかな？」

「「さぁ？」」

アンナのためにもどうにか出来ないかなと思った莉奈が、二人に訊《き》いてみたのだが、分からないと返事が返ってきた。

それもそうなのである。

聖木が引っこ抜かれた事は初めてだし、ましてや令嬢である二人は、聖木の御利益を直接受ける様な所には行かない。

街を離れるにしても、精鋭の護衛を付けることになるだろうし、ひょっとしたら聖木も実際に見た事もないのだろう。

だが、抜いたらヤバいという事は理解している。

「ポーションとかあげたら、元気になったりしないかな？」

「そんなの、とっくにシュゼル殿下が試されてるわよ」

「だよねぇ～」

そもそも、ポーションは傷を癒すもので、枯れそうな木には効かないだろう。

莉奈もラナ女官長やモニカも、ため息を吐《つ》くのであった。

◇◇◇

いつもならこの後、のんびりと厨房《ちゅうぼう》に向かうのだが、ラナ女官長達と話をしていたら、銀海宮《ぎんかいきゅう》の中庭に移植された聖木が気になってしまった。

ならばと見に行けば、聖木はかろうじて生きている状態だった。

植物に詳しくない莉奈でさえも、危険な状態なのは分かる。

それを見た莉奈は、何か自分に出来る事があればいいなと、考えながら厨房で皆の手伝いをしていた。

そして、糠漬《ぬかづ》けモドキのパン床に飽き、米糠《こめぬか》から本格的な糠床《ぬかどこ》を作ろうと糠《ぬか》を手にした時、ピキンと閃《ひらめ》いた。

そうだ。

おばあちゃんはいつも庭の木や花に、米の研ぎ汁を撒《ま》いていたなと。

おじいちゃんは「土がカビるからやめんか」と怒っていたが、おばあちゃんはガン無視して毎日撒いていた。

米糠は勿論《もちろん》、研ぎ汁にもミネラルが入っていて肥料に良いのだと、おばあちゃんは言っていた。

……けど、確かそのまま撒いてはダメだった気が。

あ、そうだ。

結局、ＴＶでダメだと言っていた番組があって、おじいちゃんが「ホレ、見た事か」と鼻で笑って……おばあちゃんにギロッと睨《にら》まれていたんだ。

おばあちゃんの言う通り、米糠に栄養があるのは間違いない。

だけど、米糠を肥料にするには発酵が必要で、かなりの時間が掛かる。

でも、研ぎ汁なら、一週間程度で発酵したハズ。

なら、枯れる前に間に合うかもしれない。

莉奈は一応他の材料も準備して、一週間発酵を待つ事にした。


——そう。

莉奈が大人しくしていたのは、それを作っていたからである。

◇◇◇

――そして、とある日の夜更け。

警備兵以外起きていない……そんな時間に、莉奈は自室で調合をしていた。

米の研ぎ汁に砂糖と塩、そして牛乳を入れ一週間発酵させた液体肥料。

バナナの皮を細かく刻んで水に漬け、こちらは三日程発酵させたバナナの肥料。

そして、意外に万能なポーションの三つである。

発酵させておいた瓶の蓋《ふた》を開けると、発酵しているので奇妙な臭いがするが、思ったより気にならない。

確か、沈殿物はいらないと聞いた覚えがあるので、米の研ぎ汁の肥料もバナナの肥料も、布でしっかりと濾し出来るだけ不純物を取り除いておく。

白濁した米の研ぎ汁の肥料と、黒ずんだバナナの皮の肥料。

さて、どちらで作ろうか？　と莉奈は悩み、せっかく作ったんだし面白そうだからと、結局全部混ぜてみる事にした。

誰もいない自室。

止める者がいない夜更け。

莉奈の変なスイッチが、カチリと入った。

テーブルにのせた大きなスープ用の寸胴に、莉奈は何も考えず材料をドボドボと全部投入。

「肥料にな～れ。肥料にな～れ」

変な唄《うた》まで歌い始めていた。

最後にポーションを入れて混ぜ始めようとした時、虫除けも必要だろうとカイエンペッパーを少々、元気といえばニンニクでしょう‼　と摺《す》り下ろしたニンニクまで入れる暴挙に出てしまった。

そうなのだ。

莉奈は本来の目的を忘れて、もはや楽しんでいたのである。

化学の実験の様なこの調合、何が起きるか分からないワクワク感。

今まで大人しくしていた分、弾けに弾けた莉奈は、面白くて仕方がなかった。

材料を適当に入れ好き勝手にアレンジまで加え、大きな木ベラで混ぜ始めた数秒後――。


――ポゥと、寸胴の中が何やら淡く光った。

「完成～っ‼」

光ったからではなく、もはや感覚で、莉奈は完成だと理解した。

間違いなく肥料が出来ただろうと、訳の分からない確信があった。

莉奈、満を持しての【鑑定】である。

【超メモネックス】

どんな瀕死《ひんし》の樹木も、根に撒いたり散布すると、瞬時に元気になる。

特殊な配合で作られた魔法薬。


「……んん⁇」

なんだそれ？

莉奈は早速、出来上がったモノを【鑑定】し目が点になった。


【超メモネックス】

どんな瀕死の樹木も、根に撒いたり散布すると、瞬時に元気になる。

特殊な配合で作られた魔法薬。


「……超メモネックス⁇」

見間違いかと思い、もう一度【鑑定】して視たが見間違いではなかった。

液体肥料を作ったハズなのだが、何故かそれは〝超メモネックス〟という、まったく別の何かだった。

莉奈はオカシイなと目を擦り、今度はさらに詳しく【鑑定】をして視た。


【超メモネックス】

どんな瀕死の樹木も、根に撒いたり散布すると、瞬時に元気になる。

特殊な配合で作られた魔法薬。

〈用途〉

細菌や病気、傷で弱った樹木を回復させ、水分や養分の吸収力を高めたり、光合成を活発化させる。

〈その他〉

飲料水ではない。

樹木以外には劇薬である。

ただし、一部の樹木・植物系の魔物に撒くと、急成長したり活性化したり、時には進化や変異する事がある。


「……」

莉奈、絶句である。

肥料や活性剤、あるいは栄養剤みたいなモノを作るつもりだった。

なのに出来たのは、それ以上の魔法薬だった。

夜更けの変なテンションによる色々なアレンジが良くなかったのか。

今まで〝特別〟な配合という表示はあったが、〝特殊〟な配合とはなんだろう？

〝劇薬〟なんて表示も今までにないし、植物系の魔物に与えると何かヤバそうだとか……ツッコミどころの多い魔法薬となってしまった。


……う～ん⁇

でも〝聖木〟は樹木であって魔物ではないし……。

人に飲ませる事もない。

「なら、いっか」

だって元気になるんだもん‼

莉奈の切り替えは、山の天気より遥《はる》かに早かった。

放っておいても枯れてしまうんだし、別にあげても構わないだろう。

だって、枯れたら困るから植え直したんだもんね‼

莉奈はポジティブな方向にベクトルが向き過ぎて、聖木にコレを与えた時にどうなるかなど、まったく考えていなかったのであった。

◇◇◇

「リナ、今日は早いな」

銀海宮に入った途端に、警備兵に声を掛けられた。

一瞬、ビクッとなったが、「ご苦労様です」と莉奈が微笑めば「いつも美味しいご飯をありがとうな」と手を軽く振られた。

早朝組がそろそろパンを作り始める時間なので、料理を作れる莉奈がうろついていても不審には思われなかった様だ。

「ふぅ」

別に悪い事をするつもりはないけど、この妙な緊張感はなんだろうか？

莉奈はドキドキする胸を、思わず押さえた。


堂々と行けばいいのに、何故かコソ泥の様に中庭に来た莉奈。

学校の校庭より大きな中庭に、以前焼き鳥を焼いた憩いの場がある。

湧き出る水を利用した池の真ん中の小さな島、そこにガゼボみたいな建物があるのだ。

そこで、焼き鳥を焼いたのを思い出し、腹が鳴った。

莉奈のお腹は元気そのものである。

そのガゼボを通り過ぎ、少し先に行くと聖木があった。

「うっわ、ダメだこりゃぁ」

ポジティブ思考な莉奈でも、一目でそれがダメな状態だと分かった。

街路樹くらいの大きさの聖木は、萎《しな》びてるなんてレベルはとっくに過ぎ、まさに死にかけである。

葉の色は茶色を通り越し、灰色。枝は元気がなく、項垂れているかの様だ。幹には何故か、奇妙な穴が何個か開いている。

おそらく、ポンポコちゃんが噛《か》み付いた痕《あと》なのだと推測する。

「よくぞご無事で」

コレを無事というには無理がありそうだが、瀕死でも生きているのだ。

木の生命力だけで、奇跡的に微かに生きている状態だろう。

莉奈は作りたてホヤホヤの〝栄養剤〟？【超メモネックス】を魔法鞄《マジックバッグ》から取り出した。

それと同時に、お玉も取り出した。

「元気にな～れ。元気にな～れ」

黙ってパシャパシャと撒《ま》くのもなんだと思った莉奈は、お玉で超メモネックスを撒きながら祈りの言葉を口にする。

胡散臭《うさんくさ》い宗教の様に、聖木の周りを回りながら撒いていた。

時には幹にも掛け、土にも染み込ませ、グルグルグルグルと何周も。

何回か回し掛けていると、寸胴にたっぷりあった超メモネックスが空になった。

だが、聖木に変化はない。

「失敗⁇」

鑑定魔法も万能ではなく、稀《まれ》に誤差や間違いがある……とシュゼル皇子が言っていた。

一応何度も確認はしたが誤表示だったのかと、莉奈がションボリ肩を落とした時、それは起きた。

聖木がほのかに光ったかと思うと、ミシミシと奇妙な音を立て始めたのだ。

莉奈が思わず後退りしても、聖木からする音は激しくなるばかりであった。

ミシミシ、ピシピシとラップ音みたいな異様な音を立て、聖木はかなり速い速度で〝成長〟していた。

「……え」

か細かった幹は、ひと回りふた回りなんてレベルではないくらいに、大きく太く膨らみ、今にも地に着きそうだった枝は、見る見ると張りを取り戻し横へ上へと増やしていった。

枝など、莉奈の腰回りより遥かに太く逞《たくま》しく成長している。

背丈は空高く伸び過ぎて、先が見えない程だ。

おそらくだが、この銀海宮を軽く超えているだろう。

それと同時に、風が吹くだけで落ちそうだった葉も手の平より大きく立派に生え変わり、青々と生い茂っていた。

莉奈が呆然《ぼうぜん》としている間にも、枝や葉はさらに成長し拳《こぶし》ほどの蕾《つぼみ》が。

それもしばらくすればプクリと膨らみ開き始めた。いくつもの蕾は、次々と桜に似た薄いピンク色の大きな花を咲かせている。

それは、まるで笑顔を見せる様に綻《ほころ》び咲いていたのだ。

瀕死だった聖木の花は、莉奈のおかげで今まさに満開を迎えたのである。

風で揺れた花や木はサワサワと小さな音を立て……まるで、莉奈にお礼を言っている様にも聞こえた。

あの細く瀕死だった聖木が、背の高いマッチョの様に成長してしまった。それは、一軒家が高層マンションに化けたくらいに劇的で衝撃的である。

今いる銀海宮より遥かに背が高く、頭一つ突き抜けている。幹は小さな家ならスッポリ入りそうなくらいに立派で極太。

やたらと大きな花は桜みたいで綺麗《きれい》だけど、懐かしさより恐怖を感じる。


……どゆこと？

……なんでこうなったの、コレ⁇

莉奈は無意識に【鑑定】を掛けていた。


【聖樹《せいじゅ》】

別名〝神樹《しんじゅ》〟と呼ばれる樹木。

その身から放つ不思議な光は聖なる力を持ち、聖木同様に周りに魔物を寄せ付けない。

だが、その力は聖木を遥かに凌《しの》ぎ、広範囲に影響を及ぼす。

聖木が聖樹になる事はほとんどなく、成長した姿は神の奇跡と言われる。


「はぁあーーーーっ⁉」

莉奈は驚愕《きょうがく》の事実に、堪らず叫び声を上げていた。

莉奈は元気に戻ればいいなと、思っていた。

だが、元気に戻るのではなく、元気に成長した。

〝聖木〟は今や立派な〝聖樹〟へと成長を遂げ、莉奈の前で優しく微笑む様にサワサワと、そして見守る様に神々しく淡く発光しているのであった。

……何故にーーーーっ⁇

「元気になるだけじゃなかったの⁉」

てっきり、萎《しお》れた葉や幹が元気になるだけだと思っていた。

聖木は魔物じゃない……ハズ。だから、変異は起こさない……ハズ。

すべてが憶測。〝ハズ〟だった。

……あれーーーっ⁇

莉奈の頭は大パニックである。

あの萎れに萎れまくっていた〝聖木〟が、いまや〝聖樹〟となり、王宮より高くそびえ立っている。

そして、淡いオレンジ色に発光しているのだ。

バレるのは時間の問題である。いや、バレない方がオカシイ。いやいや、もうバレているかもしれない。

「どうしよう。ドウシヨウ。どうしよう」

莉奈は意味もなく、聖樹の周りをウロウロと回りに回っていた。

ジッとしていられないのだ。

お願い‼　元に……いや、せめて普通の木のサイズに戻って下さい‼

莉奈は、この世界にいるかもしれない神様に願ってみた。

「陛下‼　あちらです‼」

……だが、無駄だった。

神様がいる訳がない。いたら、莉奈がここにいる訳がないのだから。

莉奈がオロオロとしている間に、フェリクス王が来てしまった。

それも当然である。

幹や根、葉や枝、そのすべてが伸びて成長する時、異様な音がしたのだ。あのフェリクス王が気付かない訳がないし、彼が気付かなかったとしても王宮の警備兵が気付く。

警備兵に気付かれれば、当然トップの耳に入る。どの道バレない訳がなかった。莉奈はすでに詰んでいた。

「んぎゃあぁぁぁ〜っ‼」

莉奈は慌てに慌てまくった挙句、逃走するという暴挙に出た。愚策とも言う。

だが、もはや条件反射であり現実逃避。魔王が来る恐怖から。逃げずにはいられなかったのであった。

◇◇◇

「あぁ？　どうなってやがる」

寝入っていたところでの奇妙な音、そして警備兵の訪れにフェリクス王は若干不機嫌であった。

だが、聖樹を見てそんな気分も吹き飛ぶ程に目を見張っていた。

昨日まで、あんなに瀕死《ひんし》状態だった聖木が、何故か異常に成長し変化を遂げていた。これに驚くなと言う方が難しい。

フェリクス王にはその原因がまったく分からず唸《うな》るしかなかった。

「〝聖樹〟になった様ですね」

同じく叩《たた》き起《お》こされた形になったシュゼル皇子が、少し遅れてほのほのとやって来た。

そして、来て早々に【鑑定】を掛けた様だった。

「あぁ？」

「〝聖樹〟ですよ」

「〝聖樹〟って、あの聖樹かよ？」

「ええ、あの〝聖樹〟です。別名〝神樹〟と呼ばれる、あの幻の」

「神の奇跡が？」

「……ここに？」

「「…………」」

それっきりしばらく、フェリクス王もシュゼル皇子も言葉が出なかった。

聖樹の記述は最古の文献にある事はあるが、それは聖女や勇者同様であやふやで不確かなモノである。

当時の者達が、過剰に書いた可能性さえある眉唾物《まゆつばもの》であった。

それが、今、目の前にドカンと生えている。

驚くなと言われても、無理な話である。

「な、な、なんなんだよコレはーーっ!!」

その沈黙を破ったのは、さらに遅れてやって来たエギエディルス皇子だった。

遠くから見れば、遠近感がおかしくなり。近くから見ても、異常な大きさに圧倒される。エギエディルス皇子は生まれて初めて、王宮を超える樹木を見たのであった。

背の高いフェリクス王も、この聖樹の前ではミニチュア世界の住人に見えた。

「ふふっ。エディ、すごい寝癖ですね？」

「俺の寝癖なんて、今はどうだってイイんだよ!!」

こんな非常時に、相変わらずシュゼル皇子がマイペースなものだから、エギエディルス皇子は思わず怒鳴ってしまった。

この聖樹を前にしたら、エギエディルス皇子の可愛い寝癖など些細《ささい》な出来事である。

「この木はどうなってるんだよ!?　やたらデカいし花は咲いてんし、光ってんだけど!?」

エギエディルス皇子は素直に混乱中であった。

抜いたらダメな聖木を抜いた竜も大問題だが、その聖木が急に大きくなるのはもっと大問題である。

この姿が大丈夫か大丈夫じゃないか、何が正解で何が不正解か分からない。

「〝聖樹〟に進化を遂げたみたいですよ？」

「はぁ⁉　進化ぁぁーーっ⁉」

ほのほのとしている次兄とは対照的に、エギエディルス皇子は首がもげるかというくらいに、聖樹を見上げ叫び声を上げた。

瀕死の聖木が、何故一夜にして進化するのだ。

魔物であっても前兆はあるし、ましてやあの姿から全く想像出来なかった。

「何で急に進化すんだよ‼　大丈夫なヤツなのかよ⁉」

もう、エギエディルス皇子の可愛い叫びは止まらなかった。

突然起こった異常な現象に、混乱が収まらないのだ。

「ん〜？　大丈夫は大丈夫ですけど……」

これを大丈夫と言うのでしょうかね？　と、シュゼル皇子は【鑑定】で視えた表示を二人に口頭で伝えた。

【聖樹】
別名〝神樹《しんじゅ》〟と呼ばれる樹木。
その身から放つ不思議な光は聖なる力を持ち、聖木同様に周りに魔物を寄せ付けない。
だが、その力は聖木を遥《はる》かに凌ぎ広範囲に影響を及ぼす。
聖木が聖樹になる事はほとんどなく、成長した姿は神の奇跡と言われる。
〈用途〉
その効力や範囲はその樹木の状態や成長、個体による。
幹や葉だけでなく根や樹液に至るまで、防具や装飾品、薬として重宝される。
聖樹から溢《あふ》れ出る光もまた、魔除けの力を持つ。
〈その他〉
一部食用である。
数百年に一度程度に生る実は、神々の妙薬。
朝露さえも、魔法薬の材料となる。
超稀《まれ》に咲く花は、他の素材と超特殊な配合で調合すると、神魔法薬となる。

「「「……」」」

もはや、絶句である。

皆が言葉を失い、静寂が訪れていた。

昨日まで、いつ枯死してもおかしくなかった聖木が、元気になるどころか何故か進化した。

この短時間で、この聖木に何が起きたのか誰一人として分からなかった。

あまりの出来事に皆が唖然《あぜん》としていると、フェリクス王がその沈黙を破り聖樹にツカツカと近付いていた。

何をするのだと皆が見守る中、なんとその聖樹をドカンと蹴《け》ったのである。

「兄上⁉」

まさか、この状況で聖樹を蹴るとは思わなかった。

弟皇子が疑問と驚きで首を傾げる中、堆《うずたか》くそびえ立つ聖樹が一瞬ブルリと震え、高い枝から「んぎゃ」と小さく声が上がった。

そして、ガサガサと枝や葉が揺れるのと同時に、そこから莉奈が落ちて来たのである。

「……っ⁉」

ただでさえ皆が聖樹で驚愕《きょうがく》しているのに、そこから落ちて来る莉奈。

現状が理解出来ず、目を丸くさせたエギエディルス皇子。

「風座布団《エアークッション》」

シュゼル皇子は小さく目を見張ったものの、落下する莉奈に向かって慌てて風魔法を掛けた。

おかげで、莉奈は頭から地に激突する事はなく、フワリと地に落ちた。

但し、思わず正座する形に。


「そこで何をしてやがる」

そうなのだ。莉奈が慌てて逃げた先は聖樹の上だった。

そこから落ちて来た莉奈にはもはや、関係ありませんと言う選択肢はないも同然だ。

眼前にフェリクス王。

背後にシュゼル皇子。

横にはエギエディルス皇子。

莉奈に逃げ場などない。

「えっと、木登り?」

「ほぉ?　こんな夜更けに?」

「……よ、夜更けに」


――ゴッツン‼

「いったぁぁぁ~っい‼」

そんな返答にフェリクス王が納得する訳もなく、莉奈の頭にゲンコツが落ちて来た。

当たり前である。どんな理由があると、こんな夜更けに木登りを始めるのか。誰がどう聞いても嘘だと分かる。

あまりの痛さに蹲《うずくま》っていると、フェリクス王に首根っこを掴《つか》まれ、強制的に正面に立たされた。

「ふざけた事を抜かすな。いいか、次の俺の質問に〝はい〟で答えろ」

「……え」

「分かったな」

「はい？」

え？〝はい〟だけ？

あれ？〝いいえ〟は何処《いずこ》？

「聖木に何かしたな？」

「……え、い」

「したな？」

「……は……ぃ」

もはや、莉奈が何かしたのは確定らしく、否定の言葉など口にすらさせてもらえなかった。

フェリクス王の有無を言わせない圧が怖い。

「何をした？」

「え」

「何をした」

「……えっと」

「あ？」

「……み、水を少し……あげただけ？」

目を逸らしながら、間違いではないけど、正解でもない答え方をした莉奈。だが、そんな答えでフェリクス王の追及が止まるハズはない。

「どんな水だ」

「……えっと、木が……元気になる水？」

「ほぉ？」

「……その、お米の研ぎ汁とか……バナナで作った水とかですよ？」

「とか？」

「あの、後はニンニクとか、カイエンペッパー……も入れたかも？」

「で？」

「え？」

「他」

他にも混ぜたよな？　とフェリクス王の鋭い視線が莉奈に突き刺さる。

莉奈はゴニョゴニョと小さく濁して言ったものの、逃げ場がないと諦《あきら》めた。

「……ポ、ポーションもちょっと入れちゃったかな～、なんて？」

莉奈がテヘッと笑えば、フェリクス王の口端が少し上がった。

アレ？　許してもらえたかな？


――ガツン！


「んぎゃ!!」

「勝手に魔法薬を作ってんじゃねぇ！」

許してはもらえなかった。

フェリクス王の鋭い手刀が頭に落ち、莉奈は再び地面と友達である。

痛さで、もう星さえ見えない。真っ暗であった。

「お前、バカだろう？」

こうならない訳がないのにと、憐んだエギエディルス皇子が、莉奈の頭にポーションをドバドバ掛けてくれた。

そのおかげで二個程出来ていたタンコブが、皮膚が波を打つような奇妙な感覚と共に綺麗《きれい》になくなった。

ゲオルグ師団長がやたらとくれるポーションも、こういう使い道があるんだな。

こんな時がまたあったら、次回から使おうと心に留めた莉奈だった。

「だって、どうせ枯れちゃうならいいかな〜？　なんて？」

テヘッと小首を傾げて可愛らしく、返事を返してみたら――。

「良くねぇ」

「可愛くもねぇ」

とエギエディルス皇子の声に交じり、フェリクス王のため息を吐《つ》く音が聞こえた。

テヘなんてやっても、仕方ないな、とはいかなかった。

でも、可愛くないとか、ただの悪口じゃないかな？

そんなフェリクス王達と莉奈のやり取りを他所に、シュゼル皇子はポンと手を叩《たた》いた。

「まぁ、やってしまったものは仕方がありません。とりあえず――」

「「とりあえず？」」

「ひと眠りしましょう」

「「「はぁぁ⁉」」」

爽《さわ》やかな笑顔でそう言うものだから、さすがの莉奈もフェリクス王と末皇子と一緒に唖然としていた。

やらかした自分《リナ》が言うのも何だが、聖木がこんな変化を遂げたのに、寝るとはどういう事だ。調査的な何かはしないのか。

だが、聖木が聖樹になった原因がハッキリして、とてもスッキリしたシュゼル皇子は、ほのほのとしていた。

「寝るって何だよ」

「だって、まだ夜は明けてませんよ？」

「いや、まぁそうだけど……」

「エディ？　私は眠いんですよ」

「……」

それどころじゃないだろと、兄王を見たエギエディルス皇子。

フェリクス王は何も言わずに、そんなエギエディルス皇子の頭をわしゃわしゃと撫《な》で返していた。

シュゼル皇子を気にするだけ、損という事なのかもしれない。

「リナは警備兵と分担して、朝露を集めておいて下さいね？」

「……朝露」

確かに、朝露も魔法薬になると表示されていたけど。

今日は朝露が出来る気象条件でしょうかね？　莉奈は思わず聖樹を見上げた。

だが、誰からも返事はなかった。

「花や落ちている実も拾っておいて下さいね？」

「……はぁ」

言われて見れば、花だけでなく何個か聖樹の実が落ちている。

フェリクス王が足蹴《あしげ》にしたせい……いや、おかげだろう。

……というかフェリクス王、神樹とも呼ばれる聖樹を蹴りましたけど？　そこは誰も何も言わないの？

莉奈はツッコミたかったけど、また怒られると思い飲み込んだ。

神の木を蹴る王も王だけど、こんな状況で二度寝しようとしている宰相も宰相だよね。

エギエディルス皇子は普通に可愛い。

とりあえず莉奈は、エギエディルス皇子を見て癒されるのであった。


フェリクス王はやる事があると、シュゼル皇子は二度寝をすると言って、それぞれ戻った。

莉奈と数名の警備兵、そして二度寝をしないエギエディルス皇子が中庭に残っていた。

「とりあえず、朝食にしようか」

朝露らしきものは見えないし、神経を使ったのでお腹が空《す》いた。

莉奈はエギエディルス皇子と警備兵に、以前焼き鳥を焼いたガゼボに行こうと勧める。

「「「……」」」

「朝食が早ぇ」

早過ぎる朝食に、警備兵達は目を丸くさせ、エギエディルス皇子は呆《あき》れていた。

お腹が空《す》いていないと言えば嘘になるが、夜明け前の朝食はピンとこなかったのだ。

「まぁ、ガッツリ食べないで軽く」

「……お前、またぷくぷくに戻るぞ」

莉奈が朝食前の軽食の準備をしていれば、エギエディルス皇子が席に着きながらポソリと言った。

「エド、今なんか言った？」

「何も言ってない」

何か言われた気がするが、莉奈は眉根《まゆね》を寄せただけで追及はしなかった。

だが、エギエディルス皇子の傍に控えていた警備兵には聞こえていたらしく、苦笑いしていた。


「パンだ」

文句は言ったが食べないとは言っていないエギエディルス皇子が、莉奈の出した夜食みたいな朝食に、釘付《くぎづ》けになるのは早かった。

一緒に食べる事になった警備兵達も、恐縮しつつ嬉《うれ》しそうである。

「この間作って出しそびれたジャムパン、クリームパン」

バタバタする事が多いので、つい出しそびれたパン達だ。

右からジャムパン、クリームパン、悪魔のパンと籐《とう》の籠《かご》に入っている。

皆は中身の見えない菓子パンより、ガッツリチーズののった悪魔のパンに目がいった。

「この左のは？」

「新作ガーリックパンだよ」

「「「ガーリックパン」」」

ニンニクの香りとチーズの香ばしい匂いに、エギエディルス皇子達は思わず生唾《なまつば》を飲み込んでいた。

真夜中なのに、匂いを嗅《か》ぐと何故か食べたくなる。

莉奈に早い朝食だと口では言ったものの、お腹は正直だった。

皆の分の紅茶も淹れ「どうぞ」と勧めれば、一斉に悪魔のパンことガーリックパンに手が伸びる。

「うわっ、何だコレ‼　バターがジュワって」

「パンがジューシー！」

「ウマイ‼　フレンチトーストみたいにふわふわだけど、周りはカリッとしてる」

「また、このチーズが堪らないな。だけど、なんだろう……こんな時間に食べたらダメなパンな気がする」

「分かります‼　こっちのクリームパンもトロッとして美味しいけど、やっぱり夜中に食べたらダメな気がしますね」

「ジャムパンも甘くて紅茶にスゴく合うけど……」

「「「夜中には絶対ダメな気がする」」」

夜中にハイカロリーなパンを喰らい、皆は美味しい美味しいと口にしながら表情は複雑そうである。

夜中に食べるのは身体に良くないと、直感と経験で察したらしい。

「まさに〝罪悪のパン〟だよねぇ」

でも、こうして人目を忍んで食べる物程、美味しいと感じるから不思議だ。

莉奈はガーリックパンをちぎって口に放り込んだ。

「「「罪悪のパン⁇」」」

「このガーリックパン、〝悪魔のパン〟とも〝カロリーモンスター〟とも呼ばれるんだよ」

莉奈がリック料理長達に以前話した別名と意味を教えると、一斉に皆の手が止まった。

言わずもがなの様である。罪悪感と背徳感に襲われているみたいだ。

「俺は、お前が作る料理その物が〝悪魔〟だと思う」

カロリーなんて気にしないエギエディルス皇子が、そう言ってパクリとガーリックパンを口に入れた。

莉奈の作るモノはものスゴく美味しい。

だが、大抵がカロリーモンスターなモノである。

なら、それを作り出す莉奈はもはや〝悪魔〟ではないのかと。

「え～、失礼な。美味しいは〝正義〟でしょう？」

莉奈は一応抗議しておく。

悪魔だなんて失礼しちゃう。

「〝正義〟と〝悪〟は表裏一体だろ？」

光と影の様に常に付き纏《まと》うモノだと、エギエディルス皇子が口端を上げ紅茶を飲んでいた。

兄王にソックリの笑い方で。

可愛いエドくんが、悪魔に見えた莉奈だった。

◇◇◇

「だけど、綺麗だよね」

莉奈は紅茶を飲みながら、淡く光る聖樹をのんびり見ていた。

暖色系に光る淡い色はなんだか不思議だけど、見ているだけで心が落ち着く。

そんな莉奈が、聖樹を見ながら突然声を上げた。

「あ」

「あって何だよ？」

莉奈の〝あ〟は突拍子のない事の方が多い。

エギエディルス皇子は反射的に構えていた。

莉奈がのんびり聖樹を見ていると、聖樹から溢《あふ》れている光が徐々に集まり、丸い魂みたいなモノとなったのだ。

それは、フヨフヨと右や左、時にはクルクルと浮遊している。


【聖魂《せいこん》】

聖樹から溢れる聖なる光の集合体。

半径5~50メートルと個体により効力が異なるが、弱小の魔物を遠ざける力を持つ。

〈用途〉

特殊な入れ物に入れると、その効力を長時間保つ事が出来る。

だが、効果は半日~三日と個体により異なる。

〈その他〉

食用ではない。

聖木からも極々稀《まれ》に溢れる事がある。


「ンなモノ、食べるかーーっ!!」

それを思わず【鑑定】して視れば、魔物を寄せ付けない〝魔除け〟の効果があるらしい。

だがしかし、莉奈は効力より〝食用ではない〟の鑑定結果にツッコミを入れざるを得なかった。

誰が食べると思うかな?

「お前、絶対アレを【鑑定】しただろ?」

聖樹から溢れている光る珠を見てツッコんだ莉奈を見て、エギエディルス皇子は苦笑いしていた。

莉奈も莉奈の鑑定も、相変わらずであると。


「ビン、瓶」

とりあえず、瓶にあの【聖魂】とやらを入れておこうと莉奈は慌てて魔法鞄《マジックバッグ》を漁った。

持ち運ぶには特殊な入れ物が必要だが、とりあえずしまっておく事くらいは出来るハズ。いつ消えるかも分からないので、莉奈は消えない内に一つくらい取っておきたかったのだ。

「まずは説明しろ‼」

空瓶を取り出した莉奈は唐突に走り出し、フヨフヨ浮いている光を捕まえようと右往左往していた。

エギエディルス皇子は何の説明もなしに行動する莉奈に、呆れしかなかった。

「その光《オーブ》みたいなヤツは何なんだよ?」

気になったエギエディルス皇子も、近くに来て聖樹を見上げる。

莉奈はお構いなしに、自分より高い所を飛んでいる光《オーブ》に向かい、ウサギみたいにピョンピョン飛び跳ねていた。

「エド! あの光〝聖魂〟なんだって‼」

「あ？　聖魂？」

「アレを持ち歩くと、弱い魔物を寄せ付けないんだって‼」

「マジかよ‼」

「「「なんだって⁉」」」

その説明に、エギエディルス皇子や警備兵達が驚愕《きようがく》していた。

聖木はどこに生えるかも分からないし、持ち運びが出来ない。だが、これは持ち運ぶ事が出来る。

となれば、聖木より遥《はる》かに活用の幅が広くなる。

強者まではないのが残念だが、一々小者の魔物の相手をしなくて良いのは僥倖《ぎようこう》である。

「瓶に入れればいいのか⁉」

エギエディルス皇子も慌てて莉奈に空瓶を貰《もら》い、聖樹の光《オーブ》の捕獲を試みる。

「うん。あ、だけど特殊な入れ物じゃないと、効力はなくなるみたいだよ？」

「なら、取ってどうすんだよ‼」

「だって、毎夜現れるか分からないんだから、とりあえず空瓶に入れといて考え……とりゃぁあ～っ‼」

ユラユラと光が一つだけ下に降りて来たのを見た莉奈は、空瓶の蓋《ふた》を開けそれに飛びついた。

莉奈の素早い動きに、エギエディルス皇子は呆気《あつけ》にとられていたが、莉奈は見事に聖魂を一つ捕獲する事が出来たのであった。

「これはコレで綺麗《きれい》だね」

空の瓶に入れられた聖魂は、蛍の光の様にふわりふわりと優しい光を放っていた。

時には強く、時には優しく、生き物の様に光が変化している。

「なんかランプみたいだな」

エギエディルス皇子も頷《うなず》いた。

瓶に入れた聖魂は、光の魔石を使ったランプみたいだった。

日が出ていないため、それが余計に幻想的でとても綺麗である。

「で？　どうすれば、効力が持続すんだよ」

何も考えていない莉奈と違って、エギエディルス皇子は色々と考えている様だった。

「え？　知らない」

「知らない、じゃねぇんだよ。お前【検索】持ってんだろ⁉」

「あ、そうか」

鑑定を持っていないエギエディルス皇子の方が、莉奈の技能《スキル》の使い方に詳しかった。

確かに、【検索】という手があったか。

莉奈は言われるがまま、聖魂とやらを【鑑定】し【検索】をして視た。

【聖魂】
聖樹から溢れる聖なる光の集合体。
半径5～50メートルと個体により効力が異なるが、弱小の魔物を遠ざける力を持つ。
〈用途〉
特殊な入れ物に入れると、その効力を長時間保つ事が出来る。
だが、効果は半日～三日と個体により異なる。
〈その他〉
食用ではない。
聖木からも極々稀に溢れる事がある。

「〝特殊な入れ物〟に【検索】を掛けて視ればいいのかな？」
莉奈は首を傾げながらも、〝特殊な入れ物〟に【検索】を掛けて視た。

【特殊な入れ物】

聖魂の魔力を持続させるための物。

器は特に選ばないが、エーテルを少量染み込ませた布や綿を入れて置く必要あり。


検索で視た事を説明しながら〝エーテル〟って初めて見たなど、莉奈は目の前にいるエギエディルス皇子を見た。

「エド、〝エーテル〟って？」

「魔法回復薬」

「なるほど？」

ポーションが傷に効くのに対し、エーテルは過度に使った魔力の補充薬。

魔力を使い過ぎると疲労感と目眩《めまい》を起こすとか。

「あ、だからか」

だから、竜が狩って来た魔物の鑑定をしまくった時に、あんな症状が出たのかと莉奈は納得した。

エーテルはポーションより高価らしく、戦闘中でない限り使用しないとか。

傷は跡が残るし、後遺症があるのでポーションでなるべく治すが、魔力疲労は寝て治るから、基本的に使用しない様だった。

「エーテルって何から作るの？」

「基本は〝エナ〟の木から採取した葉と魔法水だな」

ポーションはマナの木で、エーテルはエナの木だとエギエディルス皇子が説明してくれた。

作り方はポーション同様に色々な方法があるらしい。

生の葉から成分を抽出して作る方法。

乾燥した葉を混ぜる簡単な方法などなど。

基本の材料はエナの葉と魔法で作った水の二つで、その二つを使って精製した魔法回復薬を〝エーテル〟と呼ぶ。

ただ、乾燥させた葉を単純に混ぜるだけでなく、蒸留したり抽出したり面倒で難しい工程をする程に、効果が高くなり〝高級〟になる。

「ならここに、布や綿にエーテルを染み込ませて入れとけばいいのか」

莉奈の説明で理解出来たらしく、エギエディルス皇子は聖魂の入った瓶を感慨深げに見ていた。

彼の事だから遠征に行く機会の多い、近衛師団兵や警護にあたる冒険者に持たせられたらなと考えているのだろう。


――ヘックション！

鼻が急にムズッとした莉奈は、エギエディルス皇子の横で豪快なクシャミを一つ。

――その瞬間。

瓶に入っていた聖魂が、ピンと弾ける様にして消えた。

「「「……」」」

皆、絶句である。

莉奈のクシャミで聖魂が消えたのだから。

「お、お前~っ‼」

「えぇ⁇　いや、偶然だし言いがかりでしょ⁉」

瓶に入っている聖魂がたまたま、莉奈のクシャミのタイミングで消えただけ。

たとえ火だとしても、瓶に入っているのだからクシャミは関係ない。

だが、あまりにもタイミングが良過ぎて、皆は莉奈を疑っていた。

「クシャミで消える訳がない‼」

そんな簡単に聖魂が消えたら、何も出来やしない。

莉奈は絶対、誰かが自分の噂をしているんだと思うのであった。

◇◇◇

――聖木が健康に戻るどころか、聖樹に進化した。

いつ枯死するかも分からない状態の、あの木がである。

「数百年くらい経つと、リナは〝聖女〟と呼ばれているんでしょうね」

「あ？」

眠そうな表情のシュゼル皇子がボンヤリとそう呟《つぶや》けば、フェリクス王は目を眇《すが》めていた。

莉奈が〝聖女〟？

フェリクス王には、女をどこかに捨てた様なあの莉奈が、どうひっくり返っても聖女には見えない。

「ちなみに兄上はご自身がこの国で、なんと呼ばれているか知ってますか？」

「……凶王か？」

フェリクス王は自分を揶揄《やゆ》する様に鼻で笑った。

しかし、シュゼル皇子はほのほのと微笑む。

「〝勇者〟ですよ」

「……」

「魔物を蹴散《けち》らすのですから、あながち間違いではないですが」

「あのなぁ」

蹴散らしているのは自分だけではないと、フェリクス王は思う。

だが、王都や国全土の噂話はフェリクス王の耳にも入っている。だから、長弟シュゼルが言う様に、そんな噂がないとは言えない。

しかも、長弟から訊《き》くとやたら真実味が出てくるから、フェリクス王は不機嫌な表情に変わっていた。

「兄上がそうであるように、コレを見た者達も口々に噂話として広める事でしょう。リナが聖木を聖樹にしたのは確かですし、何も知らぬ者からしたら、魔物を寄せ付けぬ聖樹をリナが創り上げた……と言っても過言ではありませんからね」

「……面倒な」

「たとえ箝口令《かんこうれい》を敷いたとしても、全ての人の口を閉ざすのなんて不可能ですからね。で、何が起きるかと言えば、人の口を介せばその数だけ脚色される。その証拠に伝承や古文書なんて、古ければ古い程にあやふやで不確か。ましてや、書き手が増えれば増えた分だけの真実がある。聖女や勇者の文献を見る限りでも過剰に書いたり、ない事を付加したりと、国や地域によって描写は様々ではありませんか」

「……」

「今は噂を正す者がいる。しかし、年月が経過し真実を語る者がいなくなれば、途端に語り手は語りたい様に語る事でしょう。……ヴァルタール皇国には、その昔〝聖女〟と〝勇者〟がいた……と」

人が語る伝承なんてそんなモノだ。

人が喜ぶ様に、していない事までもした様に脚色する。まるで、神だったかの様に。

莉奈だけでなく、兄王フェリクスも勇者として人々に伝承されていくに違いない。

フェリクス王はますます面倒くさそうな表情をしていた。

皇帝だった父ならば、諸手を挙げて喜んだ事だろう。だが、息子フェリクスには面倒事でしかなかった。

「なら、お前は〝大賢者〟として語らせようか？」

胡散《うさん》くさい伝承の一部に長弟も加えてやろうと、フェリクス王は算段する。

どうせなら、関係者を皆巻き込んでしまえと。

「ふふっ……ではエギエディルスは〝剣聖〟なんてどうでしょう？」

それはそれで面白いとシュゼル皇子は笑った。

ならばいっそ、盛大に脚色してしまえばいい。

脚色もやり過ぎれば、途端に駄作になる。そうなれば、訊いた者達は非現実的過ぎて真実だとは思わず、御伽噺《おとぎばなし》としてただ面白く語っていくだろう。

「それはいい。なら、真実味を少し加えるためにも鍛えてやらんとな」

フェリクス王は意地悪そうな笑みを浮かべた。

さらに厳しいしごきがあるのかと、シュゼル皇子は少しエギエディルス皇子を憐んだ。

弟は可愛いだけでいて欲しいなと。だが、そうも言っていられないのもまた然りである。

「まぁ、俺に言わせれば、リナは〝聖女〟というより〝拳神《けんしん》〟の方が似合いそうだ」

〝シュゼル・スペシャル〟という魔法薬《ドーピング》を差し引いても、真珠姫に当てた回し蹴《げ》りは見事だったなと、フェリクス王は顎《あご》をひと撫《な》でしていた。

「確かに」

シュゼル皇子も面白そうに笑っていた。

戦う聖女が一人くらいいてもいいが、莉奈は聖女というより拳神の方がしっくりくる。

どちらにせよ、魔物を寄せ付けない点では、兄も莉奈も同じだなとシュゼル皇子は笑っていた。

「で？　兄上はどこまで付いて来るのですか？」

もうひと眠りしようと自室に向かう自分に、まだ兄王が付いて来るのでシュゼル皇子は問う。

何か用でもあるのかと。

「お前の部屋の書物に、聖木か聖樹の文献があったのを思い出したんでな」

気になるから読み返そうと、フェリクス王は思ったのだ。

だが、ひと眠りしようとしていたシュゼル皇子は、至極迷惑そうな表情をした。

「後にでも」

「気にせず寝てろ」

「気になりますので、お帰り下さい」

「読んだら帰る」

「書物をお貸し致しますので――」

「返すのが面倒」

「……静かに眠りたいのですが？」

「書物を読むだけだろうが」

「……リナを呼びますよ？」

「あ？　なんでだよ」

莉奈を呼ぶ意味が分からないとフェリクス王は目を眇め、シュゼル皇子は転移の間を指差し、帰れとにこやかに微笑んだ。

帰れ帰らぬと、フェリクス王とシュゼル皇子の奇妙な攻防は、その後しばらく続いたという。

◇◇◇

「せっかく取ったのに……」

お前のクシャミのせいでと、ブツブツ言うエギエディルス皇子。

ただの瓶だから、効力が消えただけ……だと思うのだが、エギエディルス皇子は可愛く口を尖《とが》らせていた。

「いや、取ったの私だし」

ションボリするエギエディルス皇子に癒されながら、莉奈はツッコんだ。

聖魂はふわふわしているが、あまり下の方に降りて来ない。

確かに採取出来たのは、運良くだった気がしてきた。

「とりあえず、エーテルと綿を用意しようよ？」

また捕獲出来ても消える可能性が高い。

なら、取る前に準備が必要だと莉奈は思った。

「だな」

「なら、私が黒狼宮《こくろうきゅう》からエーテルと綿を持って来ましょう」

エギエディルス皇子が頷《うなず》いた時、声が掛かった。

声の方向に振り向けば、そこには魔法省のタール長官がいた。

かなり遠巻きだが、警備兵や侍女達が騒がしく集まっている。聖木が成長していた音や警備兵の慌ただしくしている音など、ここから距離のある別宮にいる魔法省のタール長官の耳にも、早々に入っていたのだろう。

その後ろには軍部のトップ、近衛師団長のゲオルグが同じく聖樹を見上げていた。

「入れ物はいかが致しますか？　瓶で？」

ゲオルグ師団長はエギエディルス皇子にお伺いを立てる。

何故、聖木がこんな形に変化を遂げたのかよく分からない。だが、莉奈がいる事でなんとなく察したゲオルグ師団長は、今自分のやるべき事は問う事ではないと理解した。

「瓶か」

瓶でもいいが、何かないかなとエギエディルス皇子は思案する。

持ち歩くのにもっと持ち易いモノはないのかと。

莉奈も聖魂を見ながら一緒に考えていると、光と綿で思い付いた。

「あ、そうだ‼　エド。ランタンは？」

「ランタン？」

「取っ手が付いてるから持ち運ぶのに便利だし、何かにぶら下げる事も出来るんじゃない？」

「そうか‼　オイルの代わりにエーテルを置けるし、ちょうどいいな」

「では、ランタンを用意致します」

莉奈とエギエディルス皇子がそう話をしていれば、察したゲオルグ師団長はすぐに取り掛かる様だった。

莉奈がチラッと見れば、タール長官はすでにエーテルを取りに行っていなかった。

空気を読めるトップは行動が素早いなと、莉奈は感嘆が漏れるのであった。

「で、アレはどうやって取るの？」

改めて見上げれば、聖魂は家より高い位置にフヨフヨと浮かんでいた。

さすがの莉奈もお手上げである。

「地の壁《アースウォール》」

「ぎゃっ！」

エギエディルス皇子が言葉に魔力をのせれば、莉奈とエギエディルス皇子の地面がズズンと一気に持ち上がった。

畳一畳分の面積が、地上三階くらいに。

エギエディルス皇子はそんな狭い幅に余裕で立っているが、莉奈はその高さに少し腰が引けた。手摺《てす》りも柵《さく》もないのだ。落ちたらと思うとさすがの莉奈も怖かった。

思わずエギエディルス皇子の服を掴《つか》んでいた。

「これで取りやすくなっただろ？」

「いや、まぁそうだけど、持ち上げるなら一声掛けてくれるかな？」

そういうところは本当に兄王にソックリだ。

莉奈はエギエディルス皇子に、フェリクス王の面影がチラリと見えた。

「お前、ひょっとして怖いのか？」

「突然、地面が高くなれば普通に怖いんだよ」

「木に登ってたクセに」

莉奈が文句を言えば、エギエディルス皇子は呆《あき》れていた。

さっきは、コレと同じ高さかそれ以上の高さに登っていたのに、莉奈が何を怖がっているのかエギエディルス皇子にはサッパリ分からない。

「あれは、急に〝魔王様〟が現れたから」

「……魔王」

あながち否定出来ないエギエディルス皇子は、確かに？　と思ったら何故か身が震えたのであった。


「ランタンに入れたら、なんかイイ感じになったね」

ランタンの底にエーテルを染み込ませた綿を置き、ホイホイと捕まえた聖魂を入れれば、不思議で明るいランプに見える。

中で淡く光る聖魂は、ほんのり温かさを感じる程度で、触っても熱くはなかった。

「コレで魔物が寄り付かなくなるのでしょうかね？」

中庭のガゼボのテーブルに置いたランタンを見ながら、タール長官がにわかに信じ難いと呟《つぶや》いた。

それもそうである。

鑑定した莉奈でさえ信じられないのだから。

「ケサラン・パセタンみたいだな」

そう言ってゲオルグ師団長が、感慨深げに顎を撫でていた。

「何ですか？　ケサラン・パセタンって？」

タンポポの綿毛みたいな生き物だと言われている〝ケサランパサラン〟なら知っているが、〝ケ

サラン・パセタン〟は知らない。

莉奈はゲオルグ師団長を見た。

「タンポポの綿毛みたいな形をした光る魔物……いや、生物だな」

森の中とか街とか場所を選ばず、夜遅くにポワポワと光り浮遊する生き物だと、ゲオルグ師団長が説明してくれた。

ケサラン・パセタンの詳しい由来は知らないが、語尾を取ると〝ランタン〟になる事から、その光る姿が「ランタン」の由来だと言われているらしい。

「……え？　何それ、怖い」

だって、見ようによれば人魂みたいだもん。

コレが夜中に彷徨《さまよ》っているとしたら相当怖いなと、莉奈は思わず眉根《まゆね》を寄せてしまった。

「俺が一番怖いのはお前だよ」

「え？　今なんか言ったでしょ？」

「何も言ってねぇよ」

莉奈に睨《にら》まれ、エギエディルス皇子は顔を逸らした。

そのケサラン・パセタンに似た聖魂を追い回していたヤツが、何を言っているのか、エギエディルス皇子には分からなかった。

エギエディルス皇子からしたら、何をしでかすか分からない莉奈の方が恐ろしいとため息を吐《つ》くのだった。

「朝露は出来なかったね？」

「さっきまで、枯れていたしな」

気象条件が合わなかったのか、聖木が成長したてで作る暇がなかったのか知らない。

だが、それっぽいモノは葉には見つからずである。

とりあえず、手の平サイズのピンク色の花と、聖樹の実を数個手に入れた。

普通は花が咲いた後に実が生るのだけど、急成長した弊害なのかそもそも聖樹がそういうものなのか、花と実が同居している不思議な状態である。

そういう木もあるのかもしれないなと、莉奈は一人納得していた。

しかし、聖樹自体がとんでもないのだから、その花や実が普通という事はないだろう。

花は萎《しお》れてしまうと困るので魔法鞄《マジックバッグ》にしまったが、実は一つだけ手元にある。莉奈はそれをじっくりと見ていた。

聖樹の実の表皮は、ヤスリで研いで磨いたのかってくらいにツルピカだ。色は不思議で神秘的。光に当てる角度により青や紫、赤や黄色と様々に見えた。

大きさや形はラグビーボールと似ていて、重さはスイカと同じくらい。持つと、ズッシリとしていてかなり重い。

一見すると巨樹なのに、受粉しないで実が生るとはキュウリみたいだ。


【聖樹の実】

神の実と呼ばれ、数百年に一度程度生る実。

実を芽吹かせるのは難儀だが、芽吹けば聖木・聖樹となる。

〈用途〉

表皮は粉末状にし特殊な配合で、レアチレンやミスリルなどと混ぜ合わせ武器にすると、聖浄化魔法を付与させる事が出来る。

種子は一度乾燥させた後、高級ポーション、高級エーテルを特殊な配合で混ぜ精製するとエリクサーとなる。

〈その他〉

苦味が強くて食用に向かない。

摺《す》り下ろした実汁と高級エーテル、竜の涙を特殊配合し精製すると、魔堕ちしたモノを聖浄化させる作用がある。


「……」

美味しいのかな？　と軽い気持ちで【鑑定】を掛けて視たら、さすが神の実だけあって、効力がとんでもなかった。

これは絶対に〝秘匿案件〟であると莉奈でも分かる。

視なきゃ良かったと莉奈は、そっと魔法鞄《マジックバッグ》にしまった。

「……お前、鑑定したな？」

エギエディルス皇子には、莉奈の行動などすべてお見通しだった。

「……」

「美味しいのかよ？」

「いや、激ニガだって」

絶品表記されても、食べていいのか躊躇《ためら》うけど。

だってコレ、超絶貴重な実だもの。

「言わなくても分かってると思うけど、それ国家機密案件だぞ？」

「……だよね〜」

エリクサーが莉奈の想像する魔法薬で合っているなら、絶対に奪い合いが起きる。

莉奈がチラッと周りを見れば、空気を読んだ警備兵達は既に声の聞こえない範囲に下がっていた。

耳にしない事が一番だと判断した様だ。

莉奈はもう一度周りを見た後、魔法鞄《マジックバッグ》から紙とペンを取り出しペンを走らせた。

後でシュゼル皇子が細かく調べて書くだろうからザックリだけど、鑑定を持っていないエギエデイルス皇子にそれを見せる。

「……」

それを見たエギエディルス皇子が、途端に驚愕《きょうがく》し固まってしまった。

誰も存在を確認した事のない聖樹である。とんでもない効力があるのだろうと、ある程度は想像していた。だが、莉奈から見せて貰《もら》った紙を見て、とんでもないとかいうレベルではなかった。

世界さえ揺るがすレベルだった。

「エド」

「……」

「エーード」

「あ？」

紙を見たまま固まっていたエギエディルス皇子に、莉奈はヒッソリ話し掛けた。

「〝エリクサー〟って何？」

「瀕死《ひんし》を治す回復薬」

高級ポーションなど比ではないと、エギエディルス皇子は引き攣った笑いを見せていた。

古文書の一部では、不治の病をも治す魔法薬と記載されているらしい。

その古文書自体が現存していないため、あくまでもお伽話《とぎばなし》の様な魔法薬だと言われている。

「「……」」

訊《き》いた莉奈もエギエディルス皇子も絶句である。

その存在は、人々の願望を描いた作り話だと言われていた。しかし、その〝エリクサー〟が実は存在したのだ。

エリクサーや聖樹を巡って何が起きるか分からない。

安易に製造すれば、争奪戦が起き血が流れる事もあるだろう。

「……お前さ」

「……うん？」

「頼むから、大人しくしててくれ」

そう一言だけ言うと、エギエディルス皇子はテーブルに突っ伏した。

お前が何かする度に、胃を通り越し心臓が痛くなると。

タール長官とゲオルグ師団長もその気持ちが分かるのか、エギエディルス皇子の後ろでウンウンと小さく頷《うなず》いている。


——え？

——大人しくしているつもりですけど？

◇◇◇

朝日が登り始めた頃、調べものをし終えたフェリクス王は一旦《いったん》シュゼル皇子と共に、聖樹の所へと戻って来た。

聖樹は朝日を浴びているせいか、夜程の光を放ってはいない様に見える。

エギエディルス皇子は兄達が再び来るまでの間、暇だからとぼ〜っとしていたりせず、ゲオルグ師団長に剣の稽古《けいこ》をしてもらっていた。

頑張る末弟に温かい目を向けながら、莉奈を探せば……ガゼボにある長椅子でスヤスヤと寝ていた。

「「……」」

これには、フェリクス王も唖然《あぜん》である。

国どころか、世界を震撼《しんかん》させる様な事をやらかしておいて、当人はその重大性を全く理解していないのだ。

でなければ、こんな事をやった後、何事もなかった様に寝たりしないハズ。

傍にいたタール長官は、フェリクス王を見て会釈した後、苦笑いしていた。

フェリクス王が何を言いたいのか良く分かるのだろう。

「この強靭《きょうじん》な精神《メンタル》は、もはや称賛ものですね」

ひっそりと現れた執事長イベールが、呆《あき》れた声を出していた。

だが、その声色に感服している様な声が混じっている。ただの馬鹿という可能性も否定は出来ないが、ここまで来るとその強靭さを褒め称えるレベルになるらしかった。

「……チョ……レ」

皆に見られていると知らない莉奈は、むにゃむにゃと口を動かしていた。

「寝言」

鍛錬を止めたエギエディルス皇子が、莉奈の寝言に笑っていると、その寝言に何故かシュゼル皇子が目を光らせた。

「〝チョレ〟とは何ですか？」

フェリクス王達が呆れている中、むにゃと寝ている莉奈にゆっくり歩み寄り、その耳元にそっと質問を囁《ささや》く。

「〝チョコフォンデュ〟？」

「チョコ……フォンデュ」

「むにゃ……苺《いちご》は……ホワイトチョコ」

「……っ！　〝ホワイトチョコ〟とは⁉」

「……ん」

「んではありません。リナ〝ホワイトチョコ〟とは！」

寝言に尋問までするシュゼル皇子の行動に、フェリクス王達は完全に呆れていた。

食い物の夢を見る莉奈も莉奈だが、その夢に尋問するシュゼル皇子もシュゼル皇子である。

「ルビー……むにゃ」

「ルビー？　リナ、チョコレートはどうしましたか？」

「……」

「リナ？」

「……むにゃ」

「リナ〜」

再び寝入ってしまった莉奈の頬をツンツンとするシュゼル皇子。

だが、莉奈はむにゃむにゃ言うだけである。

「あぁ〜。チョコレート」

未知なる甘味の存在を口にしたまま、それに応えず寝る莉奈にシュゼル皇子は、嘆きの声が漏れてしまった。

「……チョ……コ？」

その嘆く声に反応したかの様に、莉奈は夢から現実に戻って来た。

目を擦りつつぼんやりと声のする方に顔を向ければ、目の前に美貌《びぼう》のシュゼル皇子。その背後に呆れ顔《がお》のフェリクス王が見え、さすがの莉奈もバッチリと目が覚めた。

だが、目が覚めたら覚めたでシュゼル皇子の猛追が。

「リナ〝ホワイトチョコ〟とは⁉」

「……ふぇ？」

「チョコレートには〝ホワイト〟なるモノがあるのですか？」

「……⁇」

「〝チョコフォンデュ〟なるモノは⁉」

「……」

「リナ！」

「……」

「リナ〜‼」

目が覚めたばかりの莉奈は、何が何だか分からず唖然呆然《あぜんぼうぜん》である。

フェリクス王達がいつからいたのかも分からないが、シュゼル皇子が何故か興奮した様子でチョコレートの話をしている。しかし、寝ていた莉奈にはサッパリであった。

「……ね、寝言⁇」

大抵は起きた瞬間に、夢の事など忘れるものだ。

莉奈も目が覚めた時に忘れていたし、むしろシュゼル皇子の顔がある衝撃が強過ぎて、自分がどういう状況なのかも混乱中である。

「リナ」

「はい？」

「チョコレートには、ホワイトとかチョコフォンデュとか色々あるのですね？」

「……え？」

なんの話をしているのかな？　シュゼル皇子は。

「ルビーなるモノも、チョコレートと関係があるのですか？」

ルビー？　え、まさか……ルビーチョコの事？

「惚《とぼ》ける気ですか？」

いや、惚けているのではなく、まったく記憶にございません。

というか、本当に寝言を言っていたのかも半信半疑なんだけど。

「エド？」

「リナ、あなたは今、私と話をしているのですよ？」

エギエディルス皇子に助けを求めたら、シュゼル皇子に肩をガッチリとホールドされた。

逃がす気など微塵《みじん》もない様だ。莉奈には危機しかない。

「シュゼル」

「陛下。尋問の最中ですので、今暫くお静かに」

見兼ねたフェリクス王が間に入れば、シュゼル皇子はサラッと受け流した。

「『尋問』」

フェリクス王とエギエディルス皇子はシュゼル皇子の言動に、完全に呆れていた。

何が尋問なモノか。ただの私欲の権化である。

「リナ」

「いや、あの？　一体何の話を」

「リナが言っていたのですよ？　〝チョコフォンデュ〟を作ると」

シュゼル皇子がそう真剣に言っている背後で、エギエディルス皇子が〝ナイナイ〟と手を左右に振っていた。

どうやら、何も知らない莉奈を誘導しようとしているらしい。

たぶん、〝チョコフォンデュ〟とはチョコレートフォンデュの事だとは思うけど、料理名か食材または冗談かも分からない言葉を、シュゼル皇子は料理名だと直感で判断した様だ。恐ろしい。

シュゼル皇子に隠しているカカオ豆の存在が、夢に出るまで負担になっていたとは……莉奈はゾッとする。

しかし、どこまで口に漏らしたかまったく覚えていない。

チラッとエギエディルス皇子が視界に入り、彼の表情で寝言《ねごと》でそんなに詳しく言っていない様だなど、判断した莉奈。

なら、シュゼル皇子の口車にのったら負けだ。ここは気合いが必要だと腹に力を入れた。

——ぎゅるる～。

途端に莉奈のお腹が小さく鳴った。

「「腹」」

フェリクス王達は相変わらずの莉奈に、失笑していた。

何をやらかそうが、莉奈は莉奈である。良くも悪くも変わらない。だが、それが何故か安心するから不思議だ。

「リナ、それで——った！」

チョコフォンデュやホワイトチョコは？　とまだ諦《あきら》めないシュゼル皇子の頭に、フェリクス王のゲンコツが落ちていた。

甘味に興味ゼロなフェリクス王。

それどころではないだろうと、長弟を諌めた。

「んなモノより〝コレ〟だろうが」

背後にそびえ立つ聖樹にチラリと視線を向けた。

チョコレートなどより、世界を揺るがす聖樹の方が大事に決まっている。そんな下らない話は、今は措いておけとひと睨《にら》みする。

「いいえ？　聖樹は逃げませんよ。それより――」

「〝それより〟だと？」

「これが〝お酒〟なら、兄上だって……」

「あぁ？」

何を言われようとお構いなしのシュゼル皇子は、ブツブツ文句を言ってフェリクス王に睨まれていた。

シュゼル皇子のベクトルは世界を揺るがす聖樹より、自分を揺るがしているチョコレートらしい。

莉奈と違った意味でマイペースである。

しかし、兄王に何度も叱責され諦めたのか、真面目な顔をしてこう言った。

「では陛下。この聖樹に鑑定通りの効力があるのかどうか確かめる為、〝カカオ豆〟を探す旅へ大至急向かって下さい」

――ガシ。

「黙れ」

私欲の塊しかない提案を出したシュゼル皇子の顔面を、フェリクス王が鷲掴《わしづか》みにしていた。

もう、叩《たた》くだけでは怒りが収まらなかった様である。

「兄上、私は至極真面目に言っているのですよ？」

顔面を鷲掴みにされたシュゼル皇子はまだ言っていたが、フェリクス王の手が顔から腰の剣に動いた途端に、莉奈の後ろにササッと素早く隠れた。

「え⁉　ちょ、シュゼル殿下⁉」

眉間《みけん》に皺《しわ》の寄った半ギレ状態のフェリクス王に、莉奈を差し出すシュゼル皇子。莉奈は逃げたくてもシュゼル皇子に押さえられ、どこにも行けない。

細腕に見えてシュゼル皇子も鍛えているのか、莉奈が動こうにもビクともしなかった。


――コレは生贄《いけにえ》である。


「……」

莉奈はもう諦める事にした。

莉奈はガチギレ寸前のフェリクス王に、シュゼル皇子の代わりに差し出され動けないからだ。

フェリクス王がさらに睨めば、シュゼル皇子は莉奈を盾にしてほのほのと言う。

「いいですか、陛下。現時点で分かるのは、聖樹が魔物を寄せ付けない効力がある……かもという可能性だけです」

「……」

「【鑑定】は稀《まれ》に誤表示する事もあります。なので、聖樹の効力が本物か否か確かめる必要があるのですよ？」

「で？」

「陛下。カカオ探しの旅に出て下さい」

冒頭に戻る……という訳だった。

フェリクス王には長弟の言葉が理解出来ず、目を眇《すが》めていた。

鑑定の正誤を確かめるのはともかく、何故、王である自分がどこかへ行く必要があるのか、まして弟の欲しがるカカオ豆を探しに、わざわざ行かなければならない理由とは。

「シュゼル殿下。この際カカオ豆の事は省いて、陛下にご説明をなさって下さい」

口を挟むのもと躊躇《ためら》ったものの、このままではフェリクス王がマジギレするのは間違いない。横からタール長官が渋々、僭越《せんえつ》ながらといった感じで割って入った。

どちらが本題か分からないくらい、シュゼル皇子がすましてカカオ豆探しを提案するからややこしい事になるのだ。普通に話をして欲しいと、タール長官は終始苦笑いしていた。

「ん？」

省く必要はありますか？　とタール長官に首を傾げて見せれば、タール長官は返事の代わりに肩を竦《すく》めて見せた。

仕方がないとばかりに盛大なため息を一つ吐《つ》き、シュゼル皇子は説明をし始めた。

「魔物を寄せ付けない効力があるか否か、兄上が王城《ここ》にいらっしゃる限り分からないのですよ」

「あぁ？」

「〝兄上〟の存在そのものが〝聖樹〟みたいなモノなので、兄上がいらっしゃるとそれが〝聖樹の力〟なのか〝兄上の存在〟のおかげなのか、まったく分かりません」

「は？」

「兄上は頑なにお認めになりませんが、兄上の存在自体が魔物の脅威。聖樹と同等だとお考え下さい」

「んな訳――」

「「「あるんですよ」」」

あるかと紡ぐ予定だったフェリクス王の言葉を、シュゼル皇子だけでなくゲオルグ師団長、タール長官も一緒に切った。

フェリクス王は周りがどれだけ評価しようが、自分を卑下し過小評価している。

普通は魔物が寄り付かない人間などいない。むしろ、餌や敵と認識され寄せ付けるモノなのだ。

なのに、たまたま出遭わないとか誤認識している節さえある。

信じたくないのか信じられないのか、自分がいかに規格外の能力の持ち主か全く認めない。

「……っ！」

エギエディルス皇子は、皆の言葉に身体が震えていた。

確かに兄であるフェリクス王といると、魔物が逃げ出す気がした。

だが、それはたまたま居合わせた魔物が、臆病《おくびょう》なのだと思っていた。でも今、次兄達の話を聞いて、兄王の存在そのものが魔物を寄せ付けないのだと、エギエディルス皇子は初めて知ったのだ。

「兄上は……〝聖王〟だったのか」

「いやイヤいや、どう考えても〝魔王〟でしょ」

純粋なエギエディルス皇子は、兄が伝説の〝聖王〟だったのかと歓喜に震えていたが、その横で莉奈は思わずツッコミを入れていた。

莉奈に言わせれば、聖王ではなく魔王。いや、もはや魔王を通り越して〝魔神〟かもしれない。

——ガシ。

莉奈の顔面が鷲掴《わしづか》みされたのは、言うまでもなかった。

「……」

莉奈の顔面から手を離したフェリクス王は、シュゼル皇子達から説明と言う名の事実を知らされていた。

結果、聖樹の力を確かめるすべは、フェリクス王を聖樹から遠ざける事である。

聖なる力で魔物を寄せ付けない聖樹。恐れで魔物が近寄らないフェリクス王。

一見意味は違うのだが、魔物が寄って来ないという点では、まったく同義。聖なる力か、恐怖かの違いである。

……ある意味、魔物だけでなく人をも従わせるという点では、フェリクス王の方が聖樹なんかより格段に上だ。

正義も悪も、フェリクス王の前では平伏するのかもしれない。

「兄上の存在そのものが、この国の光なんだな」

もはや、兄王に対して尊敬を通り越して崇拝に近い感情を抱くエギエディルス皇子。

皆が畏縮《いしゅく》している中、一人キラキラした無垢《むく》な瞳《ひとみ》でフェリクス王を見ていた。尊敬する兄王が、想像以上に凄《すご》くて、嬉《うれ》しくて堪らない様だった。


——ガシ。

「……うえ？」

末皇子の瞳は、純粋過ぎてあまりにも眩《まぶ》しい。

フェリクス王はつい、エギエディルス皇子の顔面を右手で鷲掴みしてしまった。そんな尊敬の眼差しで見られると、無性にむず痒《がゆ》くなる。

そんな高尚な人間ではないと。

「あはは、悪に光は眩《まぶ》し——」

「黙れ」

余計な事を笑いながら言った莉奈の顔面を、失笑したフェリクス王の左手が再び、鷲掴みするのは光よりも速かった。

◇◇◇

「という事で、カカオ豆をよろしくお願いします」

「「「……」」」

何をされてもめげないシュゼル皇子には、莉奈も唖然《あぜん》である。

是が非でもカカオ豆が欲しいんだなと、莉奈はため息が漏れた。

真珠姫は、まだこの世界のカカオ豆〝カカ王〟の存在を彼に伝えていないみたいだけど、もう時間の問題な気がする。

こうなったら、フェリクス王の部屋にでもヒッソリ置いておこうか。

ダメか。何かあるとすぐ莉奈《わたし》のせいにするから。

「陛下。とにかく、視察も兼ねて数日ほど城外へ行かれては」

タール長官は非常に恐縮そうに、やんわりと言った。

シュゼル皇子の私利私欲が、話をややこしくする。しかし、フェリクス王が信じなくとも、とりあえず王城から遠ざける必要があるのだ。

「……チッ」

不服しかないフェリクス王は、返事は返さず舌打ちをしていた。

自分の姿を見て、魔物が逃げ出すという事実など認めたくないのだろう。

「あ、リナも同行させて下さいね？」

「「はぁ？」」

シュゼル皇子の言葉にフェリクス王だけでなく、莉奈も思わず声を上げてしまった。

何故、フェリクス王の視察に付いいて行かなくてはならないのか。

「だって、リナがいなければ〝カカオ〟探しは雲を掴《つか》むくらいに難しいでしょう？」

「「「……」」」

何が〝だって〟なのだろう。

ほのほのと言うシュゼル皇子に、皆は言葉をなくした。

確かに、現時点でカカオが何か知るのは莉奈だけだ。しかも、この世界のカカオがアッチの世界のカカオと姿形が違うとしても、莉奈には知識と【鑑定】がある。だから、連れて行けと言うのだろう。

実際、莉奈はこの世界のカカオ〝カカ王〟を所持している。それを手に入れた真珠姫に問えば、生息地は明らかになる……可能性大である。だが、莉奈は色々と怖くて絶対に漏らせない。イヤな汗が流れ過ぎて、もう汗だくである。

もうカカオを、一旦《いったん》頭から離してくれないかな？

「まぁ、いい」

カカオ豆は無視するとして、皆がそこまで言うなら視察に行って来ようと、フェリクス王は面倒くさそうに話を終わらせた。

シュゼル皇子がほのほのと、しかもさりげなく、莉奈を連れて行けとフェリクス王の前に差し出していたが、フェリクス王はガン無視である。

長弟の私利私欲だけのために、莉奈を連れて行く訳がない。

人身御供の様な気分になった莉奈は、顔が引き攣るのであった。


とりあえず、聖樹はこのまま経過観察という事となった。

もちろん、フェリクス王は王城からしばらく出る予定になったが。

シュゼル皇子がしつこいくらいに、カカオ豆の話をフェリクス王にしていたが……どうなる事やら。

フェリクス王が折れるとは思えないから、鉄拳《てっけん》が待っているに違いない。

しかし、莉奈はともかく、エギエディルス皇子も同行させようか算段中みたいだった。

カカオ豆探しは措くとして、視察は良い事だからね。

箱入り息子ならぬ、箱入り皇子のエギエディルス皇子には良い経験になるだろう。

◇◇◇

「〝エリクサー〟作ってもイイですか？」

「いい訳ねぇだろうが」

朝食後。

執務室にいるフェリクス王に、お伺いを立ててみたら、即刻却下《マッハで》された。

あれから、フェリクス王に「何か作る時は、先に報告、連絡、相談しろ」と叱責されたので、莉奈は早速〝報連相〟をしたのだが……ダメらしい。

「え？　なんで⁇」

「は？　お前、むしろ何故、許可が出ると思うんだよ？」

キョトンとしている莉奈に、エギエディルス皇子が呆《あき》れていた。

エギエディルス皇子は聖樹についての報告書を作成していて、ますます重大な案件だと頭を抱えていたところに、莉奈のあっけらかんとした発言だ。

料理を作る様な感覚で、サラッと言うのだから頭が痛い。世界を揺るがす事態なのだと、やらかした当人が一番理解していなかった。

「だって、瀕死《ひんし》の人を救う魔法薬だもん。エドとかシュゼル殿下に万が一があった時に必要でしょう？」

命に関わる事が多い王族には、絶対に必要な魔法薬である。

毒薬なら作らないが、回復系の魔法薬なら害はない。もしもの時に慌てて作るより、初めから備えてあれば可愛いエギエディルス皇子に何かあっても安心ではないか。

「陛下が抜けておいでです」

王族と言わず、王弟二人に限定した莉奈に、執事長イベールが冷ややかに言った。

瀕死回復薬は必要だと言う莉奈の言葉に、珍しくイベールも賛同した。

だが、一番必要な国王陛下であるフェリクス王が抜けている。

「あはは、陛下は殺しても死にませんよ」

だって、魔王様だもん。

——カン！

莉奈の額にペンが飛んで来たのであった。

◇◇◇

「碧《へき》ちゃん。ヒドイと思わない?」

「……」

「碧ちゃん?」

報連相をしろと言われたからしたのに、結果的に却下されてしまった莉奈。

何故、却下されたのかイマイチ納得がいかなかった。

だが、聖樹の事もありラナ女官長達に愚痴を言う事も出来ず、竜の宿舎に来て口を尖《とが》らせて文句を言っていた。

碧空《へきくう》の君に愚痴を聞いてもらいたかったのだが、まったく相手にされない。

それどころか何やら、美容液を塗ってあげた右手の爪をジッと見ている。人でいうところの人差し指に塗ったのだが、なんだか不服の様だった。

「やっぱり特別感がない」

何かと思えば、そうブツブツ言っていた。

結局、美容液を皆に塗ったので個性がなくなってしまったのだ。限られた竜だけなら特別感があるが、皆と同じなら意味がないと先程からずっと文句を言っている。

せっかく頑張って競争までしたのに、皆が一等賞でつまらないのだろう。

昨今の幼稚園では、駆けっこしても皆で仲良くゴールするという、やる意味の分からない競争があるらしいけど、勝ち負けがあるから面白いし意義があると思う。

皆が一緒なら、頑張る意味がなくなるよね。

「何か、飾り付けしてあげようか？」

ため息まで吐《つ》いて、ションボリしている碧空の君を見ていたら、なんか可哀想になってしまった。

せっかく、自分を番《つがい》に選んでくれたのだし、ここは一肌脱ぎますか。

「部屋の飾りは、これ以上は――」

「部屋じゃないよ」

模様替えもアリだけど、汚れたり壊れたりで頻繁に直している。

その度に近衛師団兵に手伝ってもらっているから、模様替えゴトキで呼びたくない。

莉奈はそうではないと、笑った。

「まぁ、右手を出して目を閉じて……ってなんで、そんな目で見るのかな？」

出来た後のお楽しみ、と目を瞑《つぶ》っていてもらおうと思ったのだが、ものスゴく胡散臭《うさんくさ》い目で見られていた。

何故、番にまで信用されていないのかな？

「ブン殴るよ？」

「竜を殴ろうとするのは、あなたくらいなものですよ？」

拳《こぶし》を上げれば、さらに胡乱《うろん》げな表情で見られた莉奈。

硬い鱗《うろこ》に覆われた竜を、素手で殴ろうなんて莉奈しか考えない。竜には効かないし、むしろ人間がケガをするからだ。

そもそも、莉奈のゲンコツなど、フェリクス王に比べれば蚊に刺されたようなものだろう。

「いいから、目を瞑る‼」

人がせっかく、喜びそうな事をしてあげようとしているのに、なんて目で見るのか。失礼にも程がある。

イマイチ信用出来ないながらも、さすがに番は食べたりはしないだろうと碧空の君は目を瞑った。

莉奈は碧空の君が目を瞑ったのを確認し、魔法鞄《マジックバッグ》から色々と取り出した。

樹脂から作った接着剤やワックス、料理人リリアンが落として割ったガラス瓶の残骸《ざんがい》。後は竜（主に真珠姫と碧空の君）が破壊した窓ガラスや壁、とにかく側《はた》から見ればガラクタ達である。

まずは、まだ美容液の効果が残る爪の根本に、接着剤をたっぷりと塗った。そこに、色取り取りの割れたガラスを、縦や斜めに立体的に見えるように綺麗《きれい》に固定する。

碧空の君の身体は空色なので、赤色系は避けて青や緑、挿し色に薄い黄色を交ぜてみた。即効性の接着剤だと聞いたので、すぐに固定されるだろう。

それだけだと何かつまらないので、細かく砕いたガラス瓶をワックスに混ぜ、爪先以外の部分にたっぷりと塗りに塗ってみた。

今は碧空の君自体が影になり暗いけど、爪が陽に当たれば光を反射してラメみたいにキラキラとして見えるに違いない。

まぁ、暴れればすぐに剥《は》げるだろうけど……。

「うん、出来たよ。碧ちゃん」

あまり、やり過ぎても品がないから、このくらいで良いだろうと莉奈は片付けながら言った。

光る物好きだから気にいると良いなと、碧空の君をチラッと見れば、自分の爪を見た瞬間に固まっている。

「……」

「あれ？　ダメだった？」

爪を見たまま、何も言わないしアクションも起こさない碧空の君を見て、失敗だったかな？　と莉奈は心配になっていた。

「……な……コ」

「なこ？」

「なんですか‼　コレは⁉」

「え？　あぁ〝ネイルアート〟？」

マニキュアを塗るだけを含めれば、女子なら一度はやるネイルアートである。

特に夏休みなんか、先生に怒られないからやるよね。

シール貼ったりラメ付けたり、そこまでやらなくてもマニキュアだけ塗ったりとか。夏はサンダルを履くし、プールや海に行く時に足が見えるから、マニキュアを塗ってオシャレにする。

竜が……なんてオカシイ気もするけど、女の子だし楽しいかなとしてみた。

「……キラキラで……綺麗」

碧空の君は、莉奈がしてくれたネイルアートに釘付《くぎづ》けである。

ただ割れただけのガラスは人には危険だけど、竜は硬い鱗があるからガラスごときでケガなどしない。爪に付けたら邪魔そうだが、全ての爪ではないからイイだろう。

角度を変えれば、光が反射してキラキラと輝いて見えてイイ感じだ。

ワックスに混ぜたガラスの破片も、ラメみたいに光って見えた。

素人ではあるが、中々の出来ではないかと自負する。

「頑張ってくれた日にだけ、特別ね？」

莉奈はウットリとして見惚《みと》れている碧空の君に、一応言っておく。

ちゃんと聞いているのか分からないけど、こんな飾りは毎回は無理だ。

材料がどうこうではなく、竜が大人しい訳がない。武器である爪や牙《きば》は常に使う。だから、いくら綺麗に着飾ったところで装飾した物など、取れてしまうだろう。

宿舎で寝ているだけなら取れないけど……まぁずっと寝続けていたら、フェリクス王に追い出されるのは間違いない。

「私は、あなたを番にするために生まれて来たのかもしれません」

「大袈裟《おおげさ》な」

そう言って碧空の君は猫のマーキングみたいな仕草を見せ、莉奈の身体に鼻先を擦り付けていた。

本当に調子がイイよね？

だけど、ものスゴくご機嫌なのはイイとして、服が傷むからやめてほしい。

「接着剤はすぐ乾くけど、一応十分くらいジッとしてなよ？」

「わかりました」

「それと、すぐに取れると思うけど……たまにしかやらないからね？」

「……」

だが、返事はなかった。

「碧ちゃん」

「……」

「たまにだからね？」

「……」

「おい、コラ。無視するな」

綺麗に飾られた爪が気に入って見惚れている……かと思ったのだが、どうやら莉奈の言った〝たまに〟の言葉が不服らしく無視する碧空の君。

聞きたくない言葉は、聞かなかった事にするつもりなのだろう。

「剥がすよ？」

と脅してみれば、慌てて飾った爪を隠した。

しっかり聞こえているではないか。

莉奈がジト目で見ていると、碧空の君は口を尖らせた様に口先でモゴモゴとこう言った。

「わかりましたよ」

仕方がない、と。

何が仕方ないのか莉奈は納得がいかないが、とりあえずヨシとしよう。

「取れたら取れた時だと諦《あきら》めなよ？」

取れる度にネイルをしてあげたりはしないから、と莉奈は一応もう一度言って宿舎から去る事にした。

「……」

だが、碧空の君から返事はなかった。

どこかとぼけた様子で目を合わせる気もない。

これには苦笑いする莉奈なのであった。

書き下ろし番外編1　王竜と小竜

白竜宮《はくりゆうきゆう》の前には、軍部が演習をする場所の他、竜が寛ぐ大きな広場がある。

いつもなら、この広場には竜達がのんびりと日向ぼっこをしている姿があった。

だが、今日だけはいつもとは全く違う光景が広がっている。

魔物や鉱物、さまざまな〝モノ〟が点々と、場所により山積みになっていた。

では、何故このような光景になっているのか。そう莉奈《りな》のせい……美容液を求めた竜達の仕業である。

元より闘争心の強い竜に、一番を求めたがため、このあり様となったのだ。

凄《すさ》まじい光景だなと、白竜宮の屋上にいた王竜は暢気《のんき》に見ていた。


そんな王竜の元に、竜が一頭パタパタと羽ばたいて来た。

「王は参加しないの？」

欠伸《あくび》をしかけた王竜がチラリとみれば、幼き皇子エギエディルスの番《つがい》だった。

「美容液なんぞに興味はない」

そう言って眠る素振りを見せれば、薄紫の小竜は瞬きしていた。

「こんなにキレイなのに……」

莉奈に特別だと塗ってもらった爪は、艶々《つやつや》ピカピカと輝いている。

日の光に当たるとさらに綺麗で、小竜は一日中眺めていたいくらいだった。

なのに、興味がないだなんて、小竜にはまったくわからなかった。

「皆、楽しそうだなぁ」

互いに牽制《けんせい》しながらも、楽しく競い合う仲間たち。小竜はそれが羨《うらや》ましくて仕方がなかった。

自分も参加をしたかったが、まだヴァルタール皇国と他国の境目がよく分かっていないため、不参加となってしまったのだ。

そのため、つまらないなと、小竜は王竜の傍でボヤいていたのであった。


そんな小竜を見ていた王竜は、とある提案を持ち掛ける事にした。

「そんなに暇なら、お主の番のために何かとって来てやればよい」

競争の楽しさとは程遠いが、番が喜ぶモノを探す楽しさもあるのではないかと考えたのだ。

その提案に、小竜は目を丸くさせていた。何かあげて、一緒に楽しんでもいいのかと。

「エビエビルスに？」

「は？　誰だそれは？」

小竜の口から出た名に、今度は王竜が目を丸くさせる番だった。

〝エビエビルス〟とは誰だと。

「エビエビルス」

聞き間違いではなかった様だ。王竜の眉根《まゆね》には海よりも深い皺《しわ》が寄った。

お主の番の名は〝エビエビルス〟ではなく――

――〝エギエディルス〟ではなかったか？

そう思った王竜だったが、何か違いますか？　と言いたげなキョトン顔の小竜を前に、否定も訂正もする事は出来なかった。

書き下ろし番外編2　エギエディルス皇子の受難

——その日。

エギエディルス皇子は、莉奈《りな》と竜達が起こした騒ぎにより、心身共に疲れ果てていた。

竜が獲って来た魔物の解体や処理、その準備に追われていたのだ。

しかも明日からが本格的な作業になる。見た事もない魔物を見るのは楽しかったが、解体作業の労力を考えると少し憂鬱《ゆううつ》になるエギエディルス皇子だった。


そんなエギエディルス皇子が、緋空宮《ひくうきゅう》の自室に戻ると、部屋の前に警備兵が数名いた。警備兵なのだからいても当然だが、何かがオカシイ。

扉に耳を当てたり、考える様にウロウロしていたり、自分に危害を加える為の行動ではなさそうだが、動きは不審だった。

「何をしている」

こちらに気付いた様子の警備兵にエギエディルス皇子が訊《たず》ねれば、警備兵は何処かホッとした表情を見せ、深々と頭を下げた。

「中から何やら奇妙な音がするのです‼」

「奇妙な音？」

人の気配であれば、許可を得る前に踏み込み、捕縛しただろう。

だが〝それ〟は人の出す音にしては奇妙だと言うのだ。


エギエディルス皇子も話を聞いた後、扉に耳を当ててみた。

――――ガサガサガサ。

〝何か〟が床を走り回っているような音がした。


「「「……」」」

エギエディルス皇子も警備兵も顔を見合わせ無言だった。

それが何かまったく分からない。分からないが楽しいモノではないのだけは感じ取ったのである。

妙な不安で開けたくない。しかし開けない訳にもいかない。

無言無表情のまま、皆は小さく頷《うなず》くと、身構えた。

扉を開ける者と、乗り込む者とに分かれ、意を決して入る事にしたのだ。


「誰だ‼」

そう言ってエギエディルス皇子を守るように入った警備兵。

だが部屋に一歩踏み込んだ瞬間――――

――まさに、虫唾《むしず》が走った。

開けた音か、人に驚いたのかは分からないが、黒や茶色の物体が一斉にザワリと動き、放射状に散ったのだ。

「「「……」」」

エギエディルス皇子達は、再び無言で扉を閉めたのだった。

「いっ……今のは何だ⁉」

「虫‼　虫か⁉」

「でっかい〝ゴキブリ〟に見えたけど⁉」

背筋がゾワゾワとしまくった警備兵たちは、腕を高速で摩《さす》ったりウロウロしたりしていた。

エギエディルス皇子の顔面は蒼白《そうはく》である。

それもそうだろう。音がすると身構えて入れば、いたのは賊でも不審者でもなく虫。しかも、見間違いでなければ〝ゴキブリ〟がいたのだ。大量に。

「殿下‼　大丈夫ですか⁉」

固まっているエギエディルス皇子に警備兵が声を掛けると、エギエディルス皇子はハッとした。

「リナか‼　リナがやったんだな⁉」

王城で起きる不可解な出来事の中心には、ほぼ百パーセント莉奈がいる。

エギエディルス皇子は、とっさに莉奈の仕業だと思い込んだのである。

「「「リナ⁉」」」

「「「いえ、リナではないと思われます‼」」」

別に彼女を庇《かば》う気はなかったが、莉奈がフラリと来たのなら、自分達が気付かない訳がない。もし、気付かなかったとしたら、警備兵など失格である。

「なら、誰なんだよ‼」

もはやエギエディルス皇子の頭には、莉奈以外の人物が思い浮かばなかった。


——その時。

部屋の外から翼を扇ぐ音がした。

竜の広場での惨状を見てきたエギエディルス皇子は、チラリと竜の姿が頭を過《よぎ》った。

——バタン‼

中のゴキブリも怖いが、何が原因か分からぬ方が怖い。

そう思ったエギエディルス皇子が勢いよく扉を開ければ、バルコニーの柵《さく》に器用に足をかけている竜が一頭。

薄紫でまだ小さな竜といえば、エギエディルス皇子の竜だ。

その可愛らしい口には、もがくゴキブリの姿が。

「お前かーーーーーーっ!!」

エギエディルス皇子は犯人を知り、思いっきり叫び声を上げたのだった。

ゴキブリと思っていたモノは、【フロストローチ】という名の虫であった。

主に森に生息している虫で、生き物の死骸《しがい》を食べる習性があり、通称〝森の掃除屋〟と言われる虫である。

大きさはゴキブリより大きく、手の平サイズ。触角は四本で足は十本あるのだが、そのほかが人家に現れるゴキブリと酷似している為、〝森のゴキブリ〟とも呼ばれる事が多い虫であった。

ちなみに何故、小竜がこんなことをしたのか。

それは普段、小竜がこの虫で遊んでいたからである。

群れを成している事が多いこの虫の近くにドスンと降りると、ザワザワと一斉に逃げる様子が面白く、楽しいそうだ。

だから、番であるエギエディルス皇子と一緒に遊ぼうと、たくさんの〝森のゴキブリ〟を集めた……という訳であった。

莉奈は一切関係なかったのである。

あとがき

本書も九巻目となりました。お久しぶりです、神山です。

まずは色々な本が並ぶ中、本書を手に取っていただき、ありがとうございます。

読者様のお陰で、私、神山は神山でいられるのです。

本当にありがとうございます。

本書では、竜のポンポコが聖木をぶち抜き、それを莉奈《りな》が聖樹にしました。

これが〝鑑定〟通りであれば、莉奈のやらかしもやっとヴァルタール皇国に貢献できたのではないでしょうか？

皇国の未来は、フェリクス王達ではなく、案外莉奈が握っているのかもしれません（笑）。

そんな莉奈をまだまだ見守っていただければ幸いです。

九巻となりましたが、本書制作に携わっていただいた皆々様、今回も色々とありがとうございました。

皆様のおかげで素敵な一冊となりました。

カドカワBOOKS

聖女《せいじょ》じゃなかったので、王宮《おうきゅう》でのんびりご飯《はん》を作《つく》ることにしました 9

2023年7月10日　初版発行

著者／神山《かみやま》りお

発行者／山下直久

発行／株式会社KADOKAWA

〒102-8177
東京都千代田区富士見2-13-3
電話／0570-002-301（ナビダイヤル）

編集／カドカワBOOKS編集部

印刷所／暁印刷

製本所／本間製本

※定価（または価格）はカバーに表示してあります。

●お問い合わせ
https://www.kadokawa.co.jp/（「お問い合わせ」へお進みください）
※内容によっては、お答えできない場合があります。
※サポートは日本国内のみとさせていただきます。
※Japanese text only

Printed in Japan
ISBN 978-4-04-075031-6 C0093

新文芸宣言

かつて「知」と「美」は特権階級の所有物でした。

15世紀、グーテンベルクが発明した活版印刷技術は、特権階級から「知」と「美」を解放し、ルネサンスや宗教改革を導きました。市民革命や産業革命も、大衆に「知」と「美」が広まらなければ起こりえませんでした。人間は、本を読むことにより、自由と平等を獲得していったのです。

21世紀、インターネット技術により、第二の「知」と「美」の解放が起こりました。一部の選ばれた才能を持つ者だけが文章や絵、映像を発表できる時代は終わり、誰もがネット上で自己表現を出来る時代がやってきました。

UGC（ユーザージェネレイテッドコンテンツ）の波は、今世界を席巻しています。UGCから生まれた小説は、一般大衆からの批評を取り込みながら内容を充実させて行きます。受け手と送り手の情報の交換によって、UGCは量的な評価を獲得し、爆発的にその数を増やしているのです。

こうしたUGCから生まれた小説群を、私たちは「新文芸」と名付けました。

新文芸は、インターネットによる新しい「知」と「美」の形です。

2015年10月10日
井上伸一郎

摩訶不思議な山暮らし――
ニワトリ(?)たちと癒やしのスローライフ開幕!
COMIC WALKERほかにてコミカライズ好評連載中!
漫画 濱田みふみ
前略、山暮らしを始めました。

シリーズ好評発売中！
魔術で「目」を作りたい――
その好奇心が少年を
水魔術の天才へ飛躍させる！

異世界刀匠の魔剣製作ぐらし

荻原数馬　イラスト／カリマリカ

凄腕鍛冶師だが野心の薄いルッツは、愛する女のために渾身の出来の刀を銘を刻まぬまま手放してしまう。しかしその刀は勇者や伯爵家の目に留まり、ルッツの与り知らぬところで無銘の魔剣の制作者探しが始まって――？